新潮文庫

エデン

近藤史恵著

新潮社版

9604

エデン▼目次

エデン

第一章　前夜

ぼくがその話を最初に聞くことになったのは、単なる偶然の結果だった。

もっとも、噂《うわさ》は少し前から流れていた。薄くてぬるぬるとした脂《あぶら》の膜のように、少しずつチームを浸食していた。直接、監督やチームメイト全員の前で口に出されることはなくても、密《ひそ》かに、だが確実に。

その夜、ぼくは監督のマルセルに誘われて、ブラッスリーでムール貝を食べていた。同じテーブルにはチームメイトのフィンランド人、ミッコ・コルホネンがいた。北欧の人間らしく無口で大柄な男だ。

マルセルは、ことあるごとにぼくを気にかけてくれる。チームのほとんどはフランス人、ミッコを含むわずかな外国人もすべてユーロ圏内からきているチームで、たったひとりの日本人であるぼくがうまく馴染《なじ》めるかどうか、心配してくれているのだろう。

自転車ロードレースのプロチームというのは、その他のスポーツチームとは違い、チーム全体で練習をすることも、ミーティングをすることも少ない。

選手はそれぞれ自分の地元や、気に入った場所に住み、近くに住む他のチームの選手や、アマチュア選手たちと一緒に練習をする。そして、レースの前になると、直接開催地へ向かい、そこで同じチームの選手や監督と合流するのだ。

ぼくらのチーム、パート・ピカルディの本拠地はフランス北部のアミアンという町だが、フランス南西部に住む選手もいれば、イギリスに居を構える選手もいる。

アミアンに住んでいるのは、ミッコとぼく、そして若手選手のジュリアン・デュポンだけだ。アミアンにくるように誘ってくれたのは監督で、チームのエース格であるミッコの練習に付き合ってほしいというのが、その理由だった。

今日もミッコと一緒に百二十キロほど走ったあと、ふいに監督から夕食を一緒にとらないかと誘われたのだ。

いつも一緒に練習するジュリアンは、この日は祖母を訪ねるという理由でこなかった。

ミッコはひどく無口だし、ぼくはぼくで、まだフランス語を流暢《りゅうちょう》に操れるようにはなっていない。監督だけがやたらに機嫌良く、チームの噂話を続けていた。

鍋《なべ》に盛り上げられたムール貝をフォークでつついていると、ふいに監督の携帯電話が鳴った。

監督が電話で話している間、ミッコはぼくが手をつけていないフリット《フライドポテト》を太い指で指さした。

「食わないのか。小食だな」

ムール貝にフリットはつきものだ。ぼくは首を横に振った。

「日本人には量が多すぎるよ」

ミッコはかすかに息だけで笑うと、ぼくのフリットにフォークを突き刺した。

監督が電話を切った。短い会話だった。

彼は、携帯をテーブルに投げ出すと、ぼくとミッコを交互に見た。

「ちょうどいい。聞いてくれ。今期でスポンサーの撤退が決まった」

ミッコはかすかに視線をあげただけだった。

「これから次のスポンサーを探してみるが……このご時世だ、簡単にはいかないだろう。チーム解散も視野に入れておいてほしい」

ぼくはフォークを持ったまま、監督のネクタイを眺めていた。ワインのものらしき、赤い染《し》みがひとつあった。

ぼくはまだ、日本に帰るわけにはいかない。


よく言われることがある。プロスポーツの世界というのは椅子《いす》取りゲームだ、と。チームの数はほぼ決まっていて、新しい才能も次々に生まれてくる。決まった椅子をみんなで取り合い、そして必ず脱落していく者がいる。

だが、実のところこのゲームに挑まなくてはならないのは、ごく一握りの人間だ。スターには、椅子はいくつも差し出される。華々しい勝利を挙げた者、または勝利に近いとされる者たちは、音楽が止まるのを待つ必要もない。悠々と、好きな椅子を選べばいい。

また、その次に年俸にさえ文句を言わなければ、楽に座れる者たちがいる。若者たちも可能性があるから有利だ。

そんなふうにして順当に多くの椅子が埋まる。そして、最後に残ったわずかな椅子を血眼になって奪い合う者たちがいるのだ。

間違いないのは、ぼく――白石誓《しらいしちかう》はその椅子取りゲームに参加しなければならないランクの選手だということだ。

パート・ピカルディにきてから、まだまともに結果を出していない。去年までいた格下のスペインのチームではそれなりに活躍できていた。スペイン最大のレース、ブエルタ・ア・エスパーニャで長時間独走したこともあるし、小さなレースでステージを取ったこともある。

アシストとしての仕事はしっかりしている。チームのエースであるミッコは、去年、ツール・ド・フランスで総合五位になったオールラウンダーだが、どちらかというとタイムトライアルを得意としていて、山岳はやや苦手だ。

ぼくは登りが得意だから、山岳コースでのミッコのアシストとしてそれなりに働いている。一週間後に控えた今年のツールにも、参加することが決まっている。

だが、ここへきてわかった。大きなチームでは、ただアシストとして活躍するだけでは次の契約には繋《つな》がらない。

グラン・ツールや春のクラシックなどの大きなレースではアシストに徹していても、その他の小さなワンデーレースでは勝ちを狙《ねら》える。必要とされているのはそういう選手だ。

ただでさえ、日本人であるぼくは大きなハンデを抱えている。ヨーロッパにいくらでも選手がいるのに、極東からの人間を雇うメリットはあまりない。

正直なところ、ぼくは少し油断していた。パート・ピカルディに入って半年、契約は二年だから、まだ一年半残っている。それまでに結果を出せばいいと思っていた。

だが、チームが消滅するとなると話はまったく別だ。

今は七月。だいたい八月頃には翌年の契約は終わってしまう。時間がない。

日本に帰るという選択肢は考えられなかった。格下のチームならばオファーもあるかもしれないが、できることならばグラン・ツールに出られるような大きなチームにいたい。

それはもしかしたら分不相応な望みかもしれない。今、ここにいることすら単なる幸運の積み重ねで、実力にはそぐわないのかもしれない。

それでも、ぼくには引き下がれない理由がある。

翌日も、ミッコとジュリアンとで練習に行った。

グラン・ツールでは一日百六十キロから二百キロ超の距離を、三週間走らなければならない。一日五時間から七時間、歩くよりも長い時間を自転車の上で過ごす。そのリズムに慣れるため、雨の日とオフシーズン以外は必ず走る。

ジュリアンはすでに、スポンサー撤退の話を知っていた。だが、彼の衝撃はさほど大きいものではないだろう。彼の契約は今年で終わりだ。すでに次の契約も決まりかけていると聞いた。

「ミッコはどうするんだ？」

走りながら尋ねたジュリアンに、ミッコはぶっきらぼうに答えた。

「なんとかなるだろ」

そう。ミッコならばなんとかなる。

グラン・ツールでも常に十位以内の成績をキープし、タイムトライアルではステージ優勝も遂げる。愛想はないが、きれいな金髪と端整な顔立ちで人気もある。まだ二十九歳だから、歳《とし》をとりすぎているわけでもない。たぶん、一番先に移籍先が決まるはずだ。

「チカは？」

ぼくは苦笑した。

「聞かないでよ。昨日知ったばかりだし、まだなにもできてない」

「ああ、チカはまだ一年半契約が残ってたんだもんな」

昨夜はほとんど眠ることができなかった。アパルトマンの狭い部屋で、ぼんやりと天井の染みばかり眺めていた。そのせいか身体《からだ》が重い。

「どこのチームに行きたいとかはないのか？」

「希望が言えるような立場じゃないよ」

だが、強いて言うのならスペインかフランスのチームがいい。スペインでは二年走ったからことばは喋《しゃべ》れるし、フランス語にもずいぶん慣れたが、また一から新しいことばを覚えるのは正直つらい。

「まあ、雇ってくれるならどこでも行くよ」

「日本企業をスポンサーに呼べよ。ジャパンマネーでさ」

ジュリアンは無茶なことを言った。

「無理だよ。そんなつてはない」

後ろを走っていたミッコが、すっと速度を上げて前に出た。同時に言う。

「ツールでステージ優勝しろよ。すぐに契約の話がくる」

ぼくは息を呑《の》んだ。

世界最高峰の自転車レース、ツール・ド・フランスはあと一週間後に迫っている。フランス国土を一周する三週間の長いステージレース。たしかにここでステージ優勝を遂げて名前を売れば、たぶん次の契約には困らない。

だが、ぼく程度の選手にとっては、出場できるだけでラッキーなのだ。ステージ優勝など夢のまた夢だ。

もちろん、挑戦することはできる。だが、ぼくにはもっと大事な目的がある。

「それより、ミッコに勝ってもらわないと」

去年は総合五位、一昨年は三位。パート・ピカルディのミッコ・コルホネンは充分総合優勝を狙える存在だ。だが、たったひとりで勝つことはできない。チーム一丸となって、ミッコをアシストし勝利へと導く。それがパート・ピカルディの目標である。

ミッコは特に表情も変えずに言った。

「もちろん勝つさ」

彼ははったりをかますようなタイプの選手ではない。愛想が悪く、インタビューにも二言、三言しか答えないのでジャーナリストの受けも悪い。

こう言い切るからには、彼は本気で勝つつもりなのだ。

「ほかの優勝候補たちの調子はどうだろうな」

ボトルの水を飲んでいたジュリアンがそうつぶやいた。ミッコが答える。

「去年総合優勝したモッテルリーニも、二位だったアンダーセンもツールに照準を合わせてきている。そう簡単には崩れないだろうな」

自転車ロードレースというスポーツは、ほかのスポーツとは少し違う。

たとえばマラソンならば、走る選手はすべて一位でゴールすることを目指す。たとえ、自分の実力がそこまで届かないと知っていても、出場するからには優勝を目標にするだろう。

だが、自転車ロードレースはそうではない。ツールには約二十のチームが参加するが、その中で総合優勝を目標とするチームは半分以下だ。

スプリンターをエースとするチームは平坦《へいたん》ステージでの優勝やポイント賞を目指す。山岳ポイントを集めて山岳賞を目指すチームもある。そして、また多くのチームにとってはステージで一勝でもあげられれば充分成功と言えるだろう。

だから、総合優勝を狙えるチームにいて、総合優勝を目的とするエースのために走れるというのは恵まれたことなのだ。

だが、それは一方で自由には走れないということも意味する。

総合優勝には縁のないチームにいれば、集団から飛び出して走るのも、自分のステージ優勝のためにがむしゃらになるのも自由だ。チームが総合優勝を目指していればそうはいかない。

行動はすべてチームオーダーでがんじがらめに縛られる。たとえ調子がよくても、エースをアシストするために力を温存しなければならないから、無茶はできない。

「それと、今年はプチ・ニコラもいるからな」

ジュリアンはにやりと笑ってそう言った。ミッコが頷《うなず》く。

「ああ、ツール・ド・スイスで優勝だったたな」

ニコラ・ラフォン。今年プロに入ったばかりの若手選手が、ツール・ド・フランスの前哨《ぜんしょう》戦と言われる、ツール・ド・スイスで総合優勝したことは、自転車界の大ニュースだった。

長いこと、フランスからはツールで総合を狙えるような選手は出てきていない。彗《すい》星《せい》のように現れた若き才能に、フランスのメディアは沸き返っている。

一七〇センチにも満たない小柄な身体と、親しみやすい童顔。フランスの童話のキャラクターに例えられて、プチ・ニコラというあだ名までついている。

だが、自転車ロードレース選手にとっては体力や才能と同じくらい、戦略と経験が大切だ。選手のピークはそのせいで、普通のスポーツより遅めになる。

もちろん、若くしてグラン・ツールを勝った選手もいるが、まだ二十四歳の選手がどこまで戦えるのか疑問だ。

ツール・ド・スイスは九日間だが、ツール・ド・フランスは三週間もあるのだ。

ミッコもぼくと同じ意見らしかった。

「新人賞《マイヨ・ブラン》はとるだろう。それよりも、カンピオンの方が怖い」

彼はスペイン人選手の名前を挙げた。まだツールで優勝はしていないが、毎回上位に食い込んできて、今年はマイヨ・ジョーヌを目指すと公言している。比較的、地味なベテラン選手だが、それでも実力はたしかだ。

「ライバルは多い。楽な戦いじゃないのはたしかだ」

後ろでペダルを回しながら、ミッコのがっしりとした背中を見ていると、ふいに胸が痛くなった。

「残念だ……」

ジュリアンが不思議そうな顔で振り返る。思わず日本語で喋っていたことに気づいて、ぼくはフランス語で言い直した。

「残念だよ」

「なにが？」

「もっと、パート・ピカルディで走りたかった」

そう。ぼくはこのチームがとても好きだったのだ。


ミッコ・コルホネンと最初に会ったときのことを思いだした。

それは二年前、ぼくがまだ二十五歳のとき、スペインのチーム、サントス・カンタンで走っていた頃のことだ。ヨーロッパに渡ってほんの数ヶ月。オリーブオイルの強い食事にもまだ慣れず、スペイン語もまだ片言で、必死にチームに慣れようとしていたときだった。

英語は喋れたが、ミーティングはスペイン語で行われる。監督は、ぼくへの指示は英語でしてくれたし、訳してくれる選手もいたが、それでも細かいところまではわからない。

親切にしてくれる選手の方が多かったけれど、それでもあきらかにアジア人であるぼくを見下す奴《やつ》もいた。

岩山を登っているような気持ちだった。必死に足場やつかめる場所を探し、下を見ないようにしてしがみついていた。

もちろんわかっていた。日本人であるぼくは、ここにいられるだけで幸運なのだ。

だが、それでも心は折れてしまいそうだった。

泣き言が言えれば、少しは楽だっただろう。だが、泣き言など言えるはずはない。

ぼくがここにいるのは、自分だけの力ではないのだ。

ぼくに力をくれた人がいる。その力は、ときに翼のようにぼくを軽やかにしたけれど、同時に呪《のろ》いのようにぼくの背中に張り付いている。

ときどき、その人を怨《うら》みたい気持ちにもなった。

ミッコが声をかけてきたのは、そんなときだった。

あるワンデーレース、集団の中で走るぼくの横に、いつの間にかミッコがきていた。

そのとき、彼はすでにパート・ピカルディのエースで、有名選手のひとりだった。

身近で見たスターに、ぼくの胸は高鳴った。

ミッコはサングラス越しにこちらを見て、にやりと笑った。

「よう、日本人」

ぼくがなんと答えたのかは覚えていない。たぶん、頭に血が上ってわけがわからなくなっていたのだろう。ミッコは続けてこう言った。

「隣の隣の国同士だ。よろしくな」

そしてそのまま、前の方へと進んでいった。

すぐには言われた意味はわからなかった。彼が珍しいフィンランドの選手だと言うことは知っていたけれど、日本とフィンランドはずいぶん遠い。

頭に地図を思い浮かべてみてやっと気づいた。

たしかに、日本とフィンランドは隣の隣だ。間にロシアという超大国があるだけの話だ。

ただ、それだけだった。だが、彼のその一言に込められた親しみは、ぼくの胸をあたたかくした。

たぶん、たったひとりで異国で走る者の気持ちが、ミッコにもわかるのだろう。同じヨーロッパといえどもフィンランドとフランスは決して近くはない。気質だってまるで違う。

同じチームで走るようになって知ったが、ミッコは日本人以上に真面目《まじめ》でストイックだった。時間はきっちり守るし、冗談も滅多に言わない。練習やレースが終わってから遊びに行くこともない。酒は好きで、休暇のときはかなり飲むが、レースが近くなるとそれもぴたりとやめる。

底抜けに明るくて、いろんなことが適当なスペイン人たちのことも嫌いではないが、ぼくにとってはミッコと付き合う方が楽だった。

だが、彼と同じチームで走るのも、今年で最後になる。

携帯の音で起こされた。時計に目をやると、まだ朝の六時だ。少し鬱陶《うっとう》しく思いながら、携帯を手に取る。

伊庭《いば》和実《かずみ》という表示を見て、納得した。以前、同じチームで走っていた選手だ。彼は日本との時差を考えずに電話をかけてくる。

「はい」

「白石か?」

「そうだよ。勘弁してよ。こっちはまだ早朝なんだけど」

「パート・ピカルディがスポンサー撤退、解散という話を聞いた」

日本ではヨーロッパのロードレースのニュースなどほとんど報道されないが、それでも今はインターネットがある。日本のファンが、ぼくよりも早く移籍の話を知っていることもある。

「本当なのか？」

ぼくは携帯を持ったまま、またベッドに横たわった。まだ眠い。

「ああ、本当だ」

「どうするんだ？」

「わからないよ。ぼくも二、三日前に聞いたばかりなんだ」

チームメイトの何人かとメールのやりとりをしたが、みんな困惑していた。たしかに、スポンサーが撤退するのではないかという噂《うわさ》は、前から囁《ささや》かれていたが、それでも次のスポンサーを探すのだとばかり思っていた。監督やマネージャーたちが、チーム解散という決断をするとはだれも考えていなかったのだ。

「契約はまだ残ってたんだろう。運が悪いな」

「そうとも言えないさ」

「なぜ」

「今までが運がよすぎただけだ。ようやく普通に戻ったのかも」

伊庭が電話の向こうで舌打ちをした。

「おまえ、相変わらずネガティブなんだかポジティブなんだかわからないな」

その舌打ちが地球を半周して届いているのかと思うと、なんだかおかしくて少し笑った。ぼくの様子に呆《あき》れたのか、伊庭が話を変えた。

「ツールに出るんだろ」

「ああ。明日には出発する予定だ」

去年のブエルタ・ア・エスパーニャ、今年はツール・ド・フランス。日本人が今まで数人しか走っていないグラン・ツールにふたつも出られるなんて、たしかに考えてみれば、ぼくは運がいい。よすぎると言っていい。

今年のツールはオルレアンをスタートして、反時計回りにフランスを一周する。ピレネーとアルプスを越え、三週間かけてパリへと到着する。

去年ブエルタを走ったときに痛感したが、三週間は長い。ほかのスポーツと違い常に全力を尽くすわけではなく、適度に力を抜くステージもあるが、それでも心のどこかは常に張り詰めている。

優勝を狙《ねら》うわけではないぼくですらそう感じるのだから、優勝候補たちの心労はそんなものではないはずだ。たった一日、一度のミスですべてを失うことだってあるのだ。

改めて思った。また、あのうんざりするほど長い三週間がはじまるのだ、と。

「テレビに映れよ。見てるから」

勝てと言わない伊庭はリアリストだ。ぼくは頷いた。

「そうだね。頑張るよ」

もともと、集団から飛び出して逃げるのは得意な方だ。アップダウンの多いステージならばもっといい。勝ちに繋《つな》がることは滅多にないが、それでも先行する選手がいればチーム戦略にも幅が出る。それと、山岳ステージでいかにミッコをアシストするか。それが、ぼくにとってのツールでの課題だ。

「じゃあ、頑張れよ」

「ああ」

地球の向こうからかかってきたとは思えないほどのそっけなさで電話は切れた。

すっかり目が冴《さ》えてしまったぼくは、携帯を持ったまま天井を眺めた。

もし、ぼくが帰りたいと言えば、伊庭はどんな反応を示しただろう。


ツールがはじまる三日前、ぼくたちはスタート地点の町、オルレアンへと向かった。アミアンからはバスで三時間ほど。ヨーロッパのあちこちから選手は集まってくるから、ぼくらなどまだ近い方だ。

ツール前日はチーム・プレゼンテーションや、マスコミ向けの記者会見がある。それまでにミーティングや準備をしなければならない。ミッコや監督は、マスコミの取材も受けなければならない。

はじまるのだ、と思った。泣きたくなるほど苦しいことはわかっているのに、それでも胸の高鳴りは抑えられない。

もしかすると、ぼくにとって、これが最後のグラン・ツールになるかもしれない。

ぼくは深く息を吸い込んだ。

精一杯チームとミッコのために走り、同時にツール・ド・フランスという特別なレースを楽しむこと。そして、その中で自分の存在をアピールすることができれば、言うことはない。

ミッコは斜め前の席をふたつ占領して、横になっている。寝ているのかと思っていたら、ふいにこちらを向いた。

「チカ、着いたらチーム・タイムトライアルのコースを流したい。付き合ってくれ」

「了解」

チームメイトが揃《そろ》うのは今日の夕食からだ。ぼくらは昼過ぎに到着することになるから少し時間はある。

初日、第一ステージはチーム・タイムトライアルだ。距離は二十六キロと少し短めだから、チームの顔見せという意味もあるのだろう。

通常、ロードレースは全員で一緒に同じコースを走るが、この競技はチームごとに分かれてコースを走り、その速さを競う。ひとりだけ速く走るのではなく、あくまでもチームで揃ってゴールしなければならない。

チーム力によってタイム差のつきやすい競技だから、ここで失敗すれば後々まで響く。それだけに、先にコースをチェックしておきたいのだろう。

今年のタイムトライアルは全部で三ステージ。第一ステージと、あと個人タイムトライアルが二回ある。どれも平坦《へいたん》コースだから、ミッコに有利なコース設定とも言える。

去年はタイムトライアルのコースにアップダウンが多く、チーム・タイムトライアルもなかったせいで、ミッコは五位に甘んじた。コース設定によって、有利な選手とそうでない選手が変わる。

ミッコがまた目を閉じたので、ぼくは窓の外に視線を移した。

一面の牧草地に薄汚れた羊たちが放牧されている。

車から見る景色や自転車で走りながら見る景色は、日本とまったく違う。起伏が少なく、あくまでもなだらかだ。

はじめてスペインにきたとき、空が広いことに驚いた。空はどこの国でも同じ広さだと思っていた。

ヨーロッパの空は、地面ぎりぎりまで広がっている。日本では、たいていどこにも山がそびえ立っていて、その分、空は削られている。

そして、スペインとフランスの景色もまったく違う。隣の国なのに、フランスはスペインほど乾いておらず、木々の佇《たたず》まいも穏やかだ。

レースで行ったことのあるドイツやオランダもまた少し違う。日本と違って、繋がった大陸なのに景色は少しずつ表情を変えていく。

少し日本の景色を懐《なつ》かしく思った。

いつか日本に帰れば、今度はこの景色が懐かしく感じられるのだろうか。


オルレアンはロワール川に面した商業都市だ。

ジャンヌ・ダルクが解放した町としても有名で、市の中央にはジャンヌの像がある。

ホテルにチェックインすると、ぼくはミッコと一緒に外に出た。明日全員でコースを試走する予定だが、ミッコはその前に一度走っておきたいようだった。

コースプロフィールを頭に入れて、自転車にまたがる。

当日は交通が封鎖されて、車を気にせずに走れるが、今はそういうわけにはいかない。荒い運転をする車と並行して走った。

起伏は少ないが、カーブが多く、ときどき道幅も狭くなる。注意しなければ落車が起きるかもしれない。

チーム・タイムトライアルでの落車は命取りだ。個人タイムトライアルならば、エースやスペシャリスト以外は落車してもそれほど問題はない。だが、チーム・タイムトライアルでは、そのまま成績に響くし、チームメイトを巻き込んでしまう可能性も高い。

四人までの脱落はルールで認められるが、人数が少なくなれば不利になる。

コースの難点に気づいたのか、ミッコの表情も硬い。

もし、最初にほかの優勝候補たちにタイム差を空けられてしまえば、戦いは一気に不利になる。

自転車ロードレースでは、攻める側よりも守る側の方が圧倒的に有利だ。逆転しようとすれば、どんなやり方でもリスクを負う。一度タイム差をつけてしまえば、あとは敵の動きを見ながら対応していけばいい。

川沿いに走り、橋を渡ったとき、少し先に自転車チームのジャージを着た男たちが走っているのが見えた。

黒と紫のジャージは、同じフランスのチーム、クレディ・ブルターニュのものだ。もうほかのチームも集まりはじめている。そう思うと、身が引き締まる気がした。

無理に追いついて、追い越す必要はない。ぼくらは彼らの少し後ろを走り続けた。

ゴール地点は広場だった。クレディ・ブルターニュの選手たちが自転車を降りて、なにか喋《しゃべ》っている。

ひとりの選手がぼくらに気づいて、軽く手をあげた。

「やあ、ミッコ」

ミッコが自転車を止める。ぼくも続いて止まった。

ミッコに声をかけたのはデルボーというベテランの選手だった。たしか、以前はパート・ピカルディにいたはずだ。

デルボーの後ろには、同じジャージを着た選手がふたりいた。そのうちのひとり、明るい色の髪の青年と目が合う。

ニコラ・ラフォンだった。新聞や雑誌で顔を見たことはあったが、実物を見るのははじめてだ。彼は気さくに話しかけてきた。

「やあ、こんにちは。パート・ピカルディの日本人だよね。ええっと……」

「白石だよ、はじめまして、ニコラ」

彼は肩をすくめて笑った。

「ごめん。日本人の名前って難しくて覚えにくいんだ」

「よく言われる。気にしなくていいよ。名前は誓。呼びにくければチカでいいよ」

ニコラは口の中で、チカウ、シライシと繰り返した。

目の色も、髪の色と同じような鳶色《とび》だ。少し幼い顔立ち、プチ・ニコラと呼ばれるのもよくわかる。

もうひとりの青年もぼくに向かって手を出した。歳《とし》はニコラと変わらないだろう。

「ドニ・ローランだ。よろしく」

「ああ、よろしく」

彼はスペイン人のように黒い目と髪をしている。少し肌も浅黒い。ことばを交わすのははじめてだが、ドニとはたぶん、初対面ではない。どこかのレースで一緒に走ったことがあるはずだ。

「オテル・ラベイユに泊まっているだろ。出てくるとき、パート・ピカルディのチームカーが駐車場にあった」

「ああ、同じホテルなんだ」

これから三週間、彼らとも一緒に走ることになる。もちろん敵同士ではあるのだが、一方で同じ道程を行く仲間でもあるのだ。

それは自転車ロードレースという競技の奥深さでもある。

違うチームであっても利害が一致すれば、共同戦線を張り、一緒に戦う。敵であっても騙《だま》し討ちのような卑怯《ひきょう》な勝ち方をする者はいない。もし、そんなことをすれば、今度は協力が必要なときにだれも助けてくれなくなる。

エースはアシストなしには勝てないが、チームですら孤立していては勝つことができないのだ。

ニコラがまた話しかけてきた。

「ぼくはマンガが好きでよく読むよ。子どもの頃はジャパニメーションもよく観《み》たし」

これもよく言われることだ。日本のマンガは、フランスのマンガ、BDとは違うカテゴリになり、専門店もあるほどファンが多い。

ありがとうというのも妙な気がして、ぼくは曖昧《あいまい》に微笑《ほほえ》んだ。

ミッコはデルボーとの話が終わったらしく、自転車にまたがった。ぼくもあわてて、ビンディングペダルにシューズをはめた。

「じゃあ、チカ。またな」

「ああ、また」

ニコラとドニに手を振って、ミッコのあとに続いた。

はじめて会ったニコラは気さくな選手だった。ツール・ド・スイスで優勝して、ツール・ド・フランスでも活躍が期待される若手のスターだとは思えないほどだ。

ふいにミッコが言った。

「彼はフランスの星らしいな」

「ニコラ？」

「ああ、自転車連盟の上層部も、ずいぶん彼には期待しているらしい。彼がフランスを変えるのだとか」

たしかにもう何年も、フランスからは大スターと呼ばれるような選手は出ていない。ツール・ド・フランスに到《いた》っては、もう二十年以上フランス人の総合優勝者は出ていないのだ。フランスの自転車関係者がそれを苦々しく思っていることは、ぼくも知っている。

ジロ・デ・イタリアではやはりイタリア人が活躍するし、ブエルタ・ア・エスパーニャの優勝者もスペイン人が多い。

自国開催のグラン・ツールで勝てないのは、フランス人だけなのだ。

もちろん、ツール・ド・フランスが大きくなりすぎたという理由もある。ジロやブエルタはどちらかというと自国内での関心が高いのにくらべて、ツールは世界中から関心が集まる。宣伝効果も高いから莫大《ばくだい》な資本も動く。

だが、未《いま》だにフランスは自転車ロードレースの中心的存在だ。

大きなチームもフランスがいちばん多いし、金もかけている。自転車連合の役員たちもフランス人が多い。

それなのに、肝心のレースでフランス人選手があまり活躍できない。そのことはプライドの高いフランス人たちにとって、ひどく屈辱的なことなのだろう。

ミッコは前を向いたまま、自嘲《じちよう》するように言った。

「もし、うちのエースがフランス人だったなら、スポンサーの撤退もなかったかもな」

町のあちこちに、ツール・ド・フランスの文字が躍る。

祭りの前の、舞い上がり浮ついた空気がそこかしこに漂う。イベントが開催される舞台は華やかに飾り付けられ、ツールを観にきた客や、ジャーナリスト、カメラマンたちが町を歩いている。

ぼくもヨーロッパにきてから、ずいぶんいろんなレースを走ったけれど、それとはまったく違う。ツールは特別なのだ。オルレアンにやってきて、はじめてそれがわかった。

だが、素直に楽しむのには不安の種が多すぎる。

昨夜のミーティングのとき、監督のマルセルが姿を見せなかった。

ミーティングに監督が顔を出さないなんてことはない。一応、もうひとりの監督であるイワノフが参加したが、チームのゼネラルマネージャーはあくまでもマルセルだ。小さなレースならば、イワノフが代わりに指揮を執るが、ツールを寸前に控えたミーティングで、そんなことは考えられなかった。

ミーティングが終わったあと、ベテランのチームメイトであるピーターがこうつぶやいた。

「就職活動でもしているんじゃねえの？」

たしかに、来年の職を探さなければならないのは、ぼくら選手たちだけではない。マッサーやメカニック、監督までもが同じだ。

少しずつチームが壊れはじめている。パート・ピカルディは来年になれば沈むことがわかっている船と同じで、だから逃げ出したいと思う者は、我先にと逃げ出すのかもしれない。

そんなことを考えながら、オルレアンの町を歩いていたときだった。

「チカ！」

女性の声がぼくを呼んだ。跳ねるように振り返ってしまったのは、その声があきらかに日本語のアクセントだったからだ。

ぼくの後ろに、日本人の女の子がいた。すらりと背が高く、首が白鳥のように長い。驚いた顔をしているのは、ぼくがあまりに勢いよく振り返ったせいだろう。

見覚えのない女性だった。二十五歳くらいだろうか。長い髪を後ろで束ね、縁なしの眼鏡をかけている。手にはニコンの一眼レフがあった。

彼女はおそるおそる尋ねた。

「ええと、写真撮らせてもらっていいですか？」

そのことばでわかった。ロードレースファンの女性だ。顔見知りというわけではない。

ぼくはあわてて笑顔を作った。

「ごめん、知り合いかと思って……」

「わたしこそごめんなさい。いきなり呼び捨てにしちゃって。なんか、雑誌とか見てよく知っているような気になっちゃって」

「いいや、全然かまわないよ」

こちらでは単なるアシスト選手だが、ヨーロッパで走っている日本人自体が少ない。日本の雑誌の取材を受けることはときどきある。

彼女は何枚かシャッターを切ると、ぼくに名刺を差し出した。

可愛《かわい》らしい人だった。色が白くて、頬が少し赤い。

明るい水色の名刺には、フォトグラファー、只野《ただの》深雪《みゆき》と書いてあった。

「ああ、写真家さんなんだ」

「といっても、まだ自称ってとこ。ときどき、雑誌につかってもらっているくらい」

彼女は肩をすくめて笑った。

「少し前までOLやってたんだけど、会社やめたばかりなの。せっかく時間があるから、憧《あこが》れのツールを全部観ようと思ってフランスにきたの。フランス語わからないから心配だったけど、意外と英語も通じるのね」

「そうだね。最近ではね」

ツールを全部観るというのなら、またこれからも会えるかもしれない。よこしまな気持ちではなく、ただ、日本語で喋れることがうれしかった。

「よかったらホテルにぼくを訪ねておいでよ。チームメイトたちを紹介するよ」

きれいな子だから、みんな喜ぶだろう。

彼女の顔がぱっと輝いた。

「本当！　ミッコ・コルホネンを紹介してくれる？」

そのわかりやすい反応に、ぼくは少し苦笑した。金髪できれいな顔をしたミッコには女性ファンが多い。愛想が悪いところも、神秘的だと思われているらしい。しばらくレースがないときの、ウォッカを浴びるほど飲んでべろべろに酔っぱらった彼の姿をちょっと見せてやりたいと思う。そんな姿も素敵だと言われるのかもしれないけれど。

「ミッコは同室だから、彼に時間があれば紹介するよ」

ミッコは今、部屋で新聞のインタビューを受けている。

彼女はまたカメラを構えた。

「ごめん。もう何枚か、いい？」

先ほど写真を撮られたときは、まだ少し緊張していた。たぶん、今の方が表情が柔らかいのだろう。

彼女はシャッターを押しながら話し続けた。

「パート・ピカルディは解散するのね。本当に残念」

「ああ、そうだね」

「白石さんは、まだ移籍先は決まってないの？」

「チカでいいよ。まだ。これから探さなきゃ」

小気味よいシャッターの音が響く。彼女はファインダーを覗《のぞ》くのをやめた。

真剣な顔でぼくを見る。

「頑張ってね。日本にはあなたのファンがたくさんいるわ」

ぼくは曖昧に微笑んだ。


夕食のとき、やっとマルセルが姿を見せた。

「昨夜は悪かった。急用ができてしまったんだ」

そう言いながら席に着く。その横顔には憔悴《しょうすい》したような色があった。

「ミッコ、調子はどうだ?」

サーモンのムニエルをナイフで切っていたミッコは、ちらりと監督の方へ目をやった。

「問題ない」

「そうか。それはよかった。パート・ピカルディ最後のツールだ。みんなで力を合わせて頑張ろう」

そう言って笑ったが、声に力がない。いつもの監督ならば、もっと力強い目をしている。今日はまるでなにかを隠しているように見えた。

夕食を終えると、選手が監督の部屋に呼び集められた。

ツインの部屋に選手が九人、監督がふたり入るわけだから、座るところはない。ぼくはドアの近くの床に腰を下ろした。

ミッコは監督の向かいの椅子《いす》、ほかの選手たちはベッドに座っている。

ぼくの隣にはジュリアンが座った。

マルセルが話し始めた。

「第一ステージのチーム・タイムトライアルは、距離が短いからタイム差はつきにくいだろう。勝負所は第六ステージの個人タイムトライアル、そして第八ステージから第十ステージのピレネー。第十五ステージから第十七ステージのアルプス。それから、第二十ステージ、最後の個人タイムトライアルだ」

その他のステージは平坦《へいたん》か、もしくは前半にアップダウンのあるコースとなる。なにか、特別な展開でもない限りは、この手のステージでタイム差がつくことはあまりない。勝負をかけるステージは、もともと絞られる。

「主にマークしなければならないライバルは、去年の優勝者であるアレジオ・ネーロのモッテルリーニ、バンク・ペイ・バのアンダーセン、エスパス・テレコムのカンピオンあたりだろう。特にアンダーセンはタイムトライアルに強いし、今年はかなり調子をあげている。警戒しなくてはならない」

隣のジュリアンが言った。

「クレディ・ブルターニュのニコラ・ラフォンは？」

マルセルはちらりとジュリアンを見たが、それ以上はなにも言わなかった。

監督もミッコと同じように、若いニコラはそれほど怖い敵ではないと考えているようだ。この前会ったときの、彼の人懐《なつ》っこい笑顔を思い出す。見た目はまだ大学生みたいに見える。ミッコやほかのスター選手のようなオーラはなかった。

「目標は、パリでミッコがマイヨ・ジョーヌを着ることだ。言いたくはないが、パート・ピカルディのチーム力は、バンク・ペイ・バや、エスパス・テレコムよりも落ちる。あまり早くマイヨ・ジョーヌを手にすると、チームが消耗してアルプスまでもたない」

総合トップの着る、黄色いジャージ——マイヨ・ジョーヌを手にしたチームは、前を引いて集団をコントロールする義務がある。つまりは、その分力を使わなければならないということになる。

「うまくいけば、第六ステージでミッコがトップに立つ可能性もある。タイムトライアルでは、ミッコは優勝候補だ。だが、その場合はピレネーで一度マイヨ・ジョーヌを手放して、様子を見ることになる。手放す相手は見極めなければならないが」

たとえば、総合優勝するのには力の足りない選手が、集団から飛び出して逃げたときなどはチャンスだ。

その後のステージでタイム差は縮められるし、その間チームのコントロールをする必要もない。

また総合優勝には手の届かないチームは、一日でもマイヨ・ジョーヌを着たいと思うはずだ。

「タイムトライアルは、ミッコにまかせるしかないが……やはり問題は山岳だな。モッテルリーニやカンピオンは必ず山で勝負をかけてくるだろう。ここをチーム全体でどう耐え忍ぶかだ。なにより、今年は十六ステージにラルプ・デュエズがある」

ラルプ・デュエズ――アルプスの峠のひとつ、標高一八五〇メートル、平均斜度七・九パーセント、最大斜度一一・五パーセントを超える過酷な峠だ。

ツールの歴史の中、記録に残る大勝負がいくつも繰り広げられた伝説の峠、カーブごとにこれまでの優勝者の名を記したパネルが立てられている。つまり、ラルプ・デュエズを制した者の名は、パネルに刻まれていつまでも残ることになる。

今年も終盤に近い第十六ステージが、ラルプ・デュエズの山頂ゴールとなる。そこで大きなタイム差がついてしまうと、その後取り返すことは難しい。

ある意味、そこが決戦の場とも言えるだろう。

「だから、後半の山岳ステージが最大の勝負所だ。頼むぞ」

これは、ぼくも含めたアシストたちに言ったことばだ。ぼくは頷《うなず》いた。

ピーターが少し皮肉っぽく笑った。

「就職活動もしなきゃならないしな」

一瞬、マルセルの顔が強《こわ》ばった気がした。が、すぐに笑顔になる。

「そうだな。そういう意味では区間優勝や山岳賞が狙《ねら》える者は、どんどん狙っていってくれ」

ぼくはしばらく考え込んでいた。

たしかにぼくだって、移籍の話は喉《のど》から手が出るほど欲しい。もし、区間優勝や山岳賞が取れれば条件はこれまでとはまったく変わる。人生が変わると言っていい。

だが、自分の成績にこだわることはそのまま力を消耗することに繋《つな》がる。

もし、みんなが自分の成績を残すことに執着すれば、ラルプ・デュエズでミッコをアシストできる者がいなくなる。

ぼくは自分の膝頭《ひざがしら》を見つめた。

今までは、自分の天分はアシストだと思っていた。チャンスがあればもちろん自分の勝利も目指したが、それはエースにアクシデントがあって、優勝が狙えなくなったときだけだ。エースを差し置いて、自分の勝利を求めたことなどない。

この場で走り続けたい。来年も、その次の年もグラン・ツールで走りたい。その思いは強く、あきらめることなどできない。

人差し指を嚙《か》んだ。ぼくはいったいどうすればいいのだろう。

翌日、オルレアンの町は一変していた。

今までもお祭り気分でざわめいていると思っていたが、それはまだ祭りの準備に過ぎなかった。

町の中には人があふれていた。ジャーナリストやカメラマンたち、ツールを観《み》に世界中からやってきた観光客たち。ジャージやTシャツなどのグッズを売る店が、あちこちに軒を連ね、スポンサー企業の車が町を走る。

広場には、大きな舞台が設《しつら》えられ、ユーロとフランスの旗がはためいている。VIPのための席があり、その後ろで多くの人々がチーム・プレゼンテーションを待っていた。

ゼッケン番号の大きい順番に、チームが壇上に上がり、ひとりひとり選手が紹介される。パート・ピカルディは五十一番から五十九番のゼッケンをつけているから、最後から六番目だ。

ぼくのゼッケンは五十九、五十一番のエースナンバーはもちろんミッコがつける。

「よう、チカ」

控えの場で待っていると、マルケスが声をかけてきた。

去年まで、スペインのサントス・カンタンで一緒に走っていた。今年はマルケスも移籍して、エスパス・テレコムにいる。

「ひさしぶりだな、元気か?」

「ああ。それなりにね」

ひさしぶりに口から出たスペイン語は、ずいぶんたどたどしい。スペインに住んでいたときはあれほどすらすら喋《しゃべ》れたのに、たった数ヶ月でこんなに忘れてしまうものなのかと驚いた。

「えらいことになったな。来年どうするんだ」

「わからないよ。移籍先が見つかればいいけど」

話しながら、彼の後ろに目をやると、そこにはホアン・カンピオン・ロドリゲスが立っていた。

エスパス・テレコムの選手で優勝候補のひとり、小柄で草食動物のように穏やかな顔をした男だが、山岳でのパワーはすごい。

ぼくの視線に気づいて、マルケスは笑った。

「今年は敵同士だな」

「ああ、そうなるね」

差し出された手を握り返す。

チーム・プレゼンテーションがはじまる。

ステージ上の生バンドの演奏に合わせ、各チームが舞台に上がっていく。控えの場にいても、拍手や歓声が聞こえてくる。

クレディ・ブルターニュが舞台に向かうのが見えた。ニコラがぼくに気づいて、笑顔で手を振る。ゼッケンナンバーは九十一。エースナンバーだ。ぼくも手を振り返した。

クレディ・ブルターニュが舞台に上がると同時に、歓声が急に大きくなった。

「人気あるんだな」

自然に日本語でつぶやいていた。それでもなにを言ったかわかったらしく、横にいたジュリアンが笑った。

「ニコラは特別だよ」

ジュリアンもまだ二十五歳だから、歳《とし》の近いニコラに興味があるのだろう。

スターのオーラこそまだ感じられないが、彼の人懐っこい笑顔と、気さくなふるまいにはたしかに魅力がある。ぼくもすでに彼のことが好きになりかけていた。だが、その好意にはかすかに嫉妬《しっと》のようなものが混じっている。

最初からスターであることを約束された才能。スター不在のフランスにおいて、彼の存在はこの先、大きなものに変わっていくに違いない。

ぼくのように、来年の契約にさえ困るような身ではない。

スポーツには興行としての一面も大きい。純粋に成績を競う一方、スポンサーたちは人気のある選手、華のある選手を欲しがっている。

クレディ・ブルターニュのあとは、エスパス・テレコムが舞台に上がる。カンピオンの方が実績はあるのに、あきらかにニコラよりも歓声は少なかった。客はときどき、ひどく残酷だ。

パート・ピカルディの順番が近づいてくる。ぼくたちは、立ち上がって舞台の袖《そで》に向かった。

音楽がはじまり、ミッコを先頭に舞台に上がる。

フラッシュがいっせいに焚《た》かれた。目を開けていられないほどの光になれると、遥《はる》か後ろまで人がいるのが見えた。

「このツール、唯一《ゆいいつ》の日本人《ジャポネ》、ツール・ド・ジャポン、第三ステージ優勝。総合十位。去年のブエルタ・ア・エスパーニャ十三ステージ、区間五位。チカウ・シライシ」

名前を呼ばれてぼくは手をあげた。ここに揃《そろ》った選手の中ではしょぼくれた成績。

それでもぼくはここにいる。

もちろん歓声など上がるはずもないが、それでも客たちは笑顔でぼくに拍手を送ってくれた。

次々と選手が紹介される。最後、ミッコの番になる。

あちこちで好成績をあげているミッコの紹介は長い。横目で見ると、彼がだるそうに片手をあげているのが見えた。

あたたかい拍手の中、ぼくたちは舞台を降りた。明日から戦いがはじまる。


ミッコはこの後インタビューがあるということなので、ホテルに先に帰った。

ゆっくりと風呂《ふろ》に入って、髪を乾かしてもミッコはまだ帰ってこない。エースの仕事というのもなかなか大変だ。

明日に備えて早く寝ようかとも思うが、気持ちが昂《たか》ぶっていて寝付けそうにない。

なにげなく、ミッコのベッドに投げ出された雑誌を手に取った。『ヴェロ・ニュース』というフランスの自転車雑誌だ。昨日、ここのインタビューを受けたと言っていたから、記者からもらったのだろう。

表紙を見て、驚いた。ニコラ・ラフォンだった。「悪ガキ、プチ・ニコラ」と書かれたアオリがあり、冒頭に彼の写真とインタビューが掲載されていた。

フランス語の文字をゆっくりと追いながら読んでいく。彼の気さくさと人懐っこさがよくわかるインタビューだった。マンガが好きだとも言っていて、この間の台詞《せりふ》が単なる社交辞令でないこともわかった。

写真の中には、ドニ・ローランもいた。ドニとニコラは、子どもの頃からの自転車友達だったらしい。

ニコラは、家が貧しかったため、ドニから古い自転車をもらったという話をしていた。

ヨーロッパにきて、知ったことがひとつある。

こちらでは、自転車はスポーツとしての位置づけしかない。

日本の主婦や中高生のように、自転車を単に移動手段と捉《とら》えている人々はほとんどいない。だから、一万円台で買えるような安価な自転車などない。日本では高級車と呼ばれる位置づけの自転車しか売っていない。

貧しい家の子供が買ってもらうことは難しいだろう。

写真の中には、一位のドニと二位のニコラが表彰台で並んでいるものもあった。アンダー23という二十三歳以下のクラスでも、勝利を争っていたと書いてある。

ニコラの陰に隠れて目立たないが、ドニ・ローランも才能のある選手のようだ。ニコラが彼をべた褒めしているくだりがあった。

ぼくの貧弱なフランス語でも、インタビュアーが少しずつニコラに魅了されていくのがわかる。今まで興味のなかった読者も、これを読めば彼に好感を持つだろう。不思議な選手だ。今まで、まわりにこんな選手はいなかった。

ドアが開いて、ミッコが帰ってきた。渋い顔でためいきをつく。

「まったく、こんなに取材漬けじゃ勝てるものも勝てなくなる」

どうやら、ストレスがたまる取材だったようだ。ぼくは雑誌を見せた。

「お疲れ。これ、読ませてもらってるよ」

「ああ」

彼はどうでもよさそうに頷くと、ベッドに腰を下ろした。

唐突につぶやく。

「ニコラ・ラフォンは強敵になるかもしれないな」

ぼくは驚いて、彼の方を見た。

「どうして。まだあんなに若いのに?」

ミッコは手を組んでそれを顎《あご》に押し当てた。

「プレッシャーに潰《つぶ》れる奴《やつ》もいるし、声援をより力にする奴もいる。あいつは後者だよ」

第二章　一日目

レース当日の朝、ぼくは明け方近くに目を覚ました。

たぶん、気が昂《たか》ぶっていて眠りが浅かったのだろう。隣のベッドからは、小さないびきが聞こえてくる。ミッコはぐっすり眠っているようだ。

ふいに思い出す。ぼくが日本で所属していたチームのエースも、よく眠る人だった。

それはただの偶然ではない。ロードレースは脚力や持久力だけではなく、回復力を競うスポーツでもある。

毎日二百キロ近く走るのは、どの選手も同じ。だからこそ、夜の間にきちんと体力を回復させた選手だけが勝利をつかむことができる。

そういう意味では、ぼくのようにちょっとしたことで眠れなくなるような人間は、あまりいい選手とは言えないだろう。

ぼくはもう一度ベッドに横たわり、ベッドスプレッドを引き寄せた。

もしかすると、最初で最後かもしれない。ぼくのツール・ド・フランスがはじまるのだ。

パート・ピカルディのジャージは、マスタード色である。スポンサーのパスタメーカーのパッケージと同じ色で、お世辞にも洗練されているとはいえない。

だが、青系のジャージのチームが多いから、その中ではよく目立つ。同じ色のチームはいないから、プロトンの中でもチームメイトがどこにいるかひとめでわかる。

来年にはもうこのジャージ自体が消えてしまうのだと思うと、どこか胸苦しい。

スタート地点のチームブースで、ぼくたちはローラー台に乗って、アップを続けていた。

お偉いさんたちのテープカットや派手な式典は終わり、レースはすでにはじまっている。

第一ステージのチーム・タイムトライアル、ぼくらの出走順は最後から六番目になる。

普通のレースと違い、タイムトライアルは最初から全力で走らなければならない。スタート台に立つ前に、身体《からだ》を温め、いちばんいい状態に持って行かなければならない。同じジャージを着た選手がひとつになって走るチーム・タイムトライアルは、華やかな競技だ。ぼくも、日本にいたときはチーム・タイムトライアルを観《み》るのが好きだった。

だが、走ってみてわかる。華やかさの裏には、過酷さがひそんでいる。

通常のロードレースのように、戦略が入り込む隙《すき》はない。圧倒的な力の差だけがものを言うのだ。

弱小チームは強いチームに押さえつけられ、ねじ伏せられる。しかも、つくタイム差は少なくない。

正直なところ、パート・ピカルディが今日優勝する可能性は低い。うちは決して強いチームではない。

ミーティングのとき、監督も言った。

「なるべくタイム差を抑えろ。それが今日の仕事だ」

勝つためではなく、耐え忍んで傷を浅くすること。初日からぼくたちはそれを目指して走る。

隣のミッコが小さくつぶやいた。

「順当に行けば、バンク・ペイ・バか、アレジオ・ネーロだな」

どちらもタイムトライアルが得意な選手が揃《そろ》っている。

「どのくらい差がつくかな」

「せめて、三十秒までに抑えたい。それ以上だと厳しい戦いになる」

ミッコは眉間《みけん》にぎゅっと皺《しわ》を寄せた。

ぼくは反対側に目をやった。チームメイトのサイモンが落ち着かない様子で、何度もペダルを止め、靴下を直している。彼のこんな仕草を見たのははじめてだ。

ほかのチームメイトたちの顔を見回してみる。今まで、彼らがこんなに無口だったことがあるだろうか。いつも明るいアレックスさえ、硬い表情をしている。

かすかな違和感を覚えた。

ツールのスタートを前にして緊張しているのかとも思ったが、だが、彼らはぼくとは違い、ツールの出場経験も豊富だ。若いジュリアンですらはじめてではない。

それとも、そんな彼らですら押し黙らせてしまうほど、ツールというレースは特別なのだろうか。

モニターに、クレディ・ブルターニュのスタートが映った。カメラがニコラ・ラフオンを捕らえる。

鳶《とび》色の目には無駄な気負いや、緊張は見られない。表情はあくまでも静かだ。

黒と紫のジャージが飛び出していく。歓声が上がった。

クレディ・ブルターニュや、カンピオンのいるエスパス・テレコムは、ぼくたちのチームよりもタイムトライアルに強くない。だから、彼らに対してはリードを取るチャンスでもある。

ミッコはドリンクで喉《のど》を潤《うるお》している。

イワノフがチームブースにやってきた。

「そろそろスタート地点に移動しろ。もうすぐうちの番だ」

各チームは三分おきにスタートする。ぼくらはローラー台を降りて、スタート地点へ向かった。

距離が短いから、補給食もドリンクも持たない。ジャージもタイムトライアル用の生地の薄いワンピース、ヘルメットは空気抵抗を軽減する流線型だ。

ミッコだけがフィンランドチャンピオンの、青と白のジャージを身につけている。

普段のように五、六時間走るわけではない。たった三十分ほどのレース。だが、その時間は一瞬たりとも気が抜けない。

自転車も普段とは違う。ディスクホイールやエアロハンドル、乗り心地を犠牲にして、コンマ一秒でも速く走るためのタイムトライアルバイクを使う。

スタート台に並び、呼吸を落ち着かせる。スタート係が指を折る。

「サンク、カトル、トロワ」

鼓動が耳の中で大きくなる。

「ドゥ、アン」

一気に飛び出す。

何度か試走したから、コースは完全に頭に入っている。沿道に観客が押し寄せていることだけが違う。

ぼくは真っ先に前に出た。

飛ばしすぎてもいけない。途中で力尽きず、だがすべての力を出し切る。

ある程度走ったところで、ピーターと先頭交代をした。後ろに下がると、空気抵抗が和らいで、ずいぶん楽になる。

集団の後方で身体を休めた。ミッコは常に前の方にいる。もし落車があったときには前方にいる方が巻き込まれる確率が少ない。エースの落車は、チームにとって最大のダメージだ。

ミッコが後ろを振り返った。ぼくになにか目で合図するが、意味はわからない。

ぼくはミッコのところまで進んだ。

「どうかした?」

彼はなぜか首を横に振っただけだった。

カーブを曲がる。ぼくはまた前に出た。ペダルがすぐに重くなる。

流れる景色が変わる。市街地を抜けて、川に沿って走る。

サイモンと先頭交代をした。彼もタイムトライアルは得意だ。

後ろに回ったとき、おや、と思った。速度が落ちた気がする。

おかしい。平地ならば、ぼくよりもサイモンの方が速いはずだ。

無線から監督の声がする。

「第一計測地点は四位だ! このまま行け!」

ミッコが舌打ちをするのが聞こえた。四位は決していい成績ではない。ぼくらの後にスタートする五チームは、どれも強豪だ。ぼくたちより速いと考えておくべきだ。

「一位はクレディ・ブルターニュ、二位はチーム・マクベイ、三位はエスパス・テレコムだ」

マクベイはもともとタイムトライアルに強いチームだが、ブルターニュとエスパスに負けているのが痛い。ゴールまでに少しでも取り戻さなくてはならない。

ミッコが前に出る。一気に速度が上がる。ぼくは振り落とされないように、ペダルを漕《こ》いだ。

ジュリアンが脱落していく。あまり早く選手の数が減るのはよくないが、それでも遅い人間に合わせるわけにはいかない。

今度はアレックスが前に出る。また速度が落ちた。

ミッコがいちばん速いのは当然だ。だが、ほかの選手は試走のときよりもずいぶんスピードが遅い。先頭交代もうまくまわっていない。どこかちぐはぐだ。

焦《じ》れたのかミッコがまた前に出ようとする。ぼくはあわてて、ミッコに合図を送ると、自分が前に出た。

エースをここで消耗させるわけにはいかないのだ。

アレックスはなぜか、ぼくから目をそらした。

必死にペダルを回す。平地でのタイムトライアルは苦手なはずなのに、ぼくが引いたときの方が速くなる。サイモンがここで切れた。

あきらかになにかがおかしかった。チームメイトたちがみな不調を抱えているように見える。

だが、昨日まではそんなことはなかった。試走のときももっとスムーズだった。

ぼくの力も長くは続かない。アップダウンのあるコースならば自信はあるが、平坦《へいたん》はあまり得意ではない。

ミッコが前に出て、速度を上げた。たちまち中切れが起こる。

ぼくは彼の隣に並んだ。

「駄目だ。みんながついてこられない！」

脱落していいのは四人まで。ジュリアンとサイモンが切れた今、あとふたりしか余裕はない。

ミッコはなにも言わずに唇を噛《か》んだ。少し速度を落とす。

第二計測地点も四位のままだった。タイム差は広がるばかりだ。

無線から監督の声がした。

「クレディ・ブルターニュが暫定《ざんてい》一位でゴールだ」

第二計測地点で、三十秒近いタイム差が開いていた。ゴールまでの七キロでこれを縮めるのは難しい。

このチーム・タイムトライアルでついたタイム差は、そのまま明日からの総合順位のタイム差になる。三十秒近いタイム差は、優勝争いに大きく響いていくだろう。

サングラスのせいで、ミッコの表情はうかがえない。

もどかしさに耐えかねて、ぼくはもう一度先頭に飛び出した。

必死でペダルを回す。明日からしばらく平坦ステージだ。今日疲れ切っても、山岳までには回復できるはずだ。

そう思って全力でペダルを踏んだ。

「アレックスとジェラールが切れたぞ！　このまま全員でゴールするんだ！」

監督のがなり声が耳に響く。ゴールまではあと三キロ。この先は道が細くなる。慎重にいかねばならない。

落車やコースアウトでもしてしまえば取り返しがつかない。

今日、パート・ピカルディが勝てるとは思っていない。だが、予想以上に成績が悪い。チームの実力が出せていない。

強い苛立《いらだ》ちに後押しされるように、ぼくは足を回し続けた。唇に泡のような唾液《だえき》がたまっているのがわかるが、拭《ぬぐ》う余裕もない。

ゴールゲートが見えると、ミッコが前に出た。それだけで、風の抵抗が消えてずいぶん楽になる。

水が飲みたい。喉がからからだ。額から汗が滑り落ちる。

だが、もう遅れるわけにはいかない。ぼくはエアロハンドルをきつく握った。自転車ごと、コースの柵《さく》にもたれかかって停まる。

ゴールへと滑り込む。

カメラマンやスタッフたちの間を縫いながら、ぼくはブレーキをかけた。自転車ごと、コースの柵《さく》にもたれかかって停まる。

息苦しくて動くことすらできなかった。差し出された水を頭からかけた。

心拍数が上がりきり、心臓が悲鳴を上げている。ぜいぜいと喉が鳴った。

ハンドルに頭を押しつけて、呼吸が落ち着くのを待った。

首筋に冷たいものが押し当てられる。驚いて顔をあげると、ジュリアンがドリンクのボトルをぼくに差し出していた。

礼を言いたかったが、まだ声が出ない。黙ってそれを受け取った。

ジュリアンはなにも言わずにそのまま立ち去った。

なぜか、彼の目の中に哀れみのような色があった気がした。

結局、パート・ピカルディの順位は七位だった。

優勝はスティーブ・アンダーセンの所属するバンク・ペイ・バ。アレジオ・ネーロも好タイムをあげ、二位にすべりこんだ。ここまでは予想通りだった。

だが、タイムトライアルがあまり得意でないはずのクレディ・ブルターニュが三位と健闘し、エスパス・テレコムも五位、ミッコは優勝候補たちに大きく遅れを取ったことになる。

まだはじまったばかりで、勝負が決まったわけではないが、トップのアンダーセンとの間についたタイム差は一分二十七秒。ニコラとの間には五十六秒の差がついてしまっている。三週間もあれば、簡単に取り戻せる数字のように思えるが、実のところ、勝負に出られるポイントは限られている。遅れた者は、常に不利な戦いを強いられる。

このタイム差は、これから先、足枷《あしかせ》のようにミッコを苦しめるだろう。

ミッコはホテルに帰る途中、自分を落ち着かせるようにこうつぶやいた。

「大したことじゃないさ。三週間もあれば必ず悪い日がある。それが今日だっただけの話だ」

ぼくは隣を走りながら、心の中でこう答えた。

——なあ、ミッコ。どうして明日が今日より悪くないと信じられる?

首を振って、自分のいやな考えを心の隅に追いやる。ぼくはどうも悲観的でいけない。

ホテルに帰って着替えると、すぐにマッサーのセレストが呼びにきた。ミッコがマッサージを受けている間、ぼくはベッドに横になってヘッドフォンで音楽を聴いた。少しくどいマッサージオイルの匂《にお》いが部屋中に漂っている。

今日うまくいかなかったことは仕方がない。くよくよ思い悩まずに、気持ちを切り替えて明日からのことを考えた方がいい。それはわかっているのに、心の霧は晴れない。

なにより、レースでのあのちぐはぐな感じが頭に残っている。

日本で二年、そしてヨーロッパに渡って二年半、今まであんな妙な感覚は経験したことがない。

たとえ仲が良くなくても、ことばさえ通じなくても、チームメイトと一緒に走るときにはなにかしらの一体感はあった。なのに、漂う空気がひどくよそよそしいのだ。まるでまったくの他人と一緒に走っているようだった。

チームが解散するせいで、みんなの気持ちがばらばらになっているのだろうか。

だが、それにしたってチームでの勝利は、自分のアピールにもなる。就職先を探すためによけいに一所懸命になってもいいはずなのだ。

考えても答えは出ない。ただの気のせいならばいい。

ミッコのマッサージが終わった。セレストがぼくを呼ぶ。

「チカ、次はきみだ」

ぼくは短パンを脱いでタオルを掛け、マッサージベッドに横になった。尻《しり》から太股《ふともも》への固くなった筋肉を、セレストの指が揉《も》みほぐしていく。

急激に疲労感が押し寄せてきて、瞼《まぶた》が重くなっていく。

薄目を開けると、着替え終わったミッコが部屋を出て行くのが見えた。また取材かなにかだろうか。

閉まるドアの音を聞きながら、ぼくは浅い眠りに落ちていった。


夕食の時間になっても、ミッコは帰ってこなかった。

夕食のテーブルには監督も姿を見せず、重い空気の中で食事は進められた。どうでもいい会話だけが交わされ、わざと避けるようにだれも、ミッコと監督の不在については触れない。

やはりなにかが変だ。そう思いながらも、ぼくはなにも言うことができなかった。

やたらに周囲と同調したがるのは、日本人の悪いくせだ。

サラダと塩胡椒《こしょう》だけのステーキとシンプルなメニューなのに、フランスでの食事時間は長い。一時間半近くかけて食べ終えて、部屋に戻った。

カードキーでドアを開け部屋に入ると、ベッドに大柄な身体《からだ》が横たわっているのが目に入った。

「ミッコ、帰ってたのか？　食事は？」

返事はない。眠っているのだろうと思いながら、自分のベッドに腰を下ろす。荷物の整理をしていると、ふいに背中から声がした。

「チカ、おまえも知っていたのか？」

振り返ると、ミッコは寝転んだまま、鋭い目でぼくをにらみつけていた。

「知っていたって……なにを？」

ぼくの返事を聞くと、ミッコの表情が変わった。驚いたようにぼくを見上げる。

「知らないのか？」

「だから、なにを？」

「しらばっくれているんじゃないだろうな」

そんなことを言われてもなんのことかわからない。噛み合わない会話にためいきが出る。

「ミッコ、なにについて話しているのか教えてくれ。それがわからなきゃ、知っているとも知らないとも答えられない」

ミッコはしばらく黙りこくっていた。

「どうやら、本当に知らないみたいだな」

「だから、なんのことだ？」

ミッコはそれには答えずに、ぼくに背を向けた。

「ジュリアンかだれかに聞け。俺は話したくない」

自分から話を振ったのにいったいなんだというのだ。少し腹を立てながら、ぼくは立ち上がった。

「ジュリアンになんて聞けばいいんだ？　せめてなんの話かだけでも教えてくれよ」

ミッコは背を向けたままなにも言わない。

愛想が悪く無口だが、彼は決して偏屈でも気難しい男でもない。話しかけても返事をしないなんてはじめてのことだ。

部屋を出て、同じ階にあるジュリアンとアレックスの部屋をノックする。アレックスがドアを開けた。

「ジュリアンと話があるんだけど、いる？」

ジュリアンはベッドに仰向《あおむ》けになって携帯ゲーム機を弄《いじ》っていた。ぼくに気づいて起き上がる。

「やあ、チカ、どうかした?」

「ミッコがなんか腹を立てているんだけど、どうしてか知ってる?」

ふいに部屋の空気が変わった。アレックスの方を見ると、彼はわざとらしく目をそらした。

ジュリアンはゲーム機から手を放すと、長い前髪をかき上げた。

ぼくはベッドに腰を下ろして、ジュリアンの顔をじっと見た。彼は焦《あせ》ったように早口で話し始めた。

「OK、悪かったよ。ぼくはチカにも話したいとは思ったんだ。でも、チカはミッコと仲がいいし、こういうことは嫌いかもしれないとみんなが……」

「監督がチカには話すなと言ったんだ」

壁にもたれていたアレックスが口を挟んだ。

「いや、だからといって、チカを信用していないからというわけじゃないんだ。いずれ話すけど、もうちょっと様子を見てからと監督が言った。チカはその……日本人だし、ぼくらとは違うから」

ジュリアンが言い訳のようにまくし立てるが、なにを言っているのかは相変わらずよくわからないままだ。

ぼくはジュリアンのことばを遮った。

「だから、なんの話か教えてくれ。なにがなんだか……」

ジュリアンは助けを求めるようにアレックスを見た。アレックスが言う。

「監督に聞けよ。俺たちが話してもいいけど、その方がいいだろ」

ぼくは頷《うなず》いて立ち上がった。

監督は上のフロアに泊まっている。ぎしぎし鳴る旧式のエレベーターで移動しながら、ぼくは気持ちを落ち着かせた。あまりいい話だとは思えない。

エレベーターを降りたとき、ニコラとドニにばったり会った。

「やあ、チカ。これから隣のカフェでビールでも飲もうかと思うんだけど、きみもどう？」

ニコラはぼくの肩に触れて、そう言った。

「やめておくよ。これから監督と話さなきゃならないんだ」

「早く終わりそうだったらおいでよ。それとも疲れてる？」

「ああ、少しね」

「じゃあ、また今度ね。いい夜を」

彼らは軽く手を振ってエレベーターに乗り込む。降りていくエレベーターを見送ってから、ぼくは監督の部屋へと向かった。

ノックをする。

「だれだ？」

「マルセル、白石です」

ドアが開いて、監督が顔を出す。

「どうした？」

ぼくは肩をすくめた。

「正直なところ、ぼくが聞きたい。ミッコの様子もおかしいし、ジュリアンやアレックスに聞いても、監督に聞けと言われた」

監督の顔から穏やかさが消えた。眼鏡の奥の目が冷たくなる。

「まあ、ともかく入れ」

部屋はぼくたちと同じくツインルームだ。使っていない方のベッドに腰を下ろして、監督を見上げた。

「なにがあったんですか？」

監督はぼくの向かいに椅子《いす》を動かすと、そこに座った。

「もう少しレースの流れが決まってから、話そうと思っていた。ミッコはだれから聞いたんだろうな」

まだ三十九歳。監督としては若い。現役時代の実績は、ツールでの四度の区間優勝と一度の山岳賞。偉大な選手だったわけではないが、フランス人選手としては悪くはない。

顔を洗うように頰を擦《こす》ってから、マルセルは口を開いた。

「パート・ピカルディは、このツールでクレディ・ブルターニュと共同戦線を組む」

口ひげの下から飛び出したことばに、ぼくは戸惑った。

「どういうことですか？」

「簡単だ。この先、うちのチームの利害だけではなく、あちらの利害も汲《く》んで動く。要するに、ミッコをアシストするようにニコラのアシストもすればいい。九人のチームではなく、十八人のチームとして動く。その方がうちにもあちらにも有利に働く」

「待ってください」

ぼくはマルセルの話を遮った。

「つまり、クレディ・ブルターニュもミッコのアシストをしてくれるということですか？」

監督は口をつぐんで目をそらした。つまり、そうではないということだ。

「じゃあ、うちだけがニコラのために戦うと？」

だとすれば、これは共同戦線などではない。単なる従属だ。

「そうは言っていない。なにもミッコのアシストをするなと言っているんじゃない。ミッコが優勝して、ニコラが二位か三位になればいいじゃないか」

それは言い逃れだ。同じレースで戦う以上、ミッコとニコラはライバルでしかない。しかも今の時点では、ミッコの方が遅れを取っている。どう考えてもニコラに有利になる。

「なぜ、そんなことを……」

尋ねようとして気づいた。チームの解散は選手の失業を意味するだけではない。監督も職を失うのだ。

「マルセル、もしかして……クレディ・ブルターニュと契約したんですか？」

監督は首を横に振った。

「違う。そうじゃない。だが、新しいスポンサーを見つけられるかもしれないんだ。名前は変わるが、チームが存続できるかもしれない。おまえだってその方がいいだろう」

わからない。なぜ、クレディ・ブルターニュと組むことで、新しいスポンサーが見つかるのだ。

「ニコラは関係ないでしょう。ミッコが優勝することが、新しいスポンサーへのアピールになるんじゃないですか？」

「違う！」

監督は声を荒らげた。髪をかき回してためいきをつく。

「ミッコでは駄目なんだ。ニコラが勝つこと……優勝でなくてもいい、二位でも三位でもいいから表彰台に上がること、それが大事なんだ！　わかるだろう。ここはフランスだ」

ぼくは息を呑《の》んだ。やっと、監督のことばを理解する。

ニコラはフランス人だ。しかも、ここ数年現れていないフランス人の優勝候補なのだ。それだけではない。スター性もある。もし、彼が表彰台に上がる活躍を見せれば、フランスの自転車界は確実に変わる。優勝でもすれば、それは大きな事件になるだろう。

ロードレースに冷めかけていたフランスのファンたちが、また戻ってくるはずだ。

「チカ、新しいスポンサーがついたら、当然おまえとも契約をする。悪い話じゃないはずだ」

返事ができない。もちろん契約は欲しい。この先もプロで走りたい。だが、どうしても納得はできない。

「おまえはミッコと仲がいいから、彼の味方をするだろうと思っていた。だが、考えてみろ。ミッコに不利になる話ではない。山岳で、ニコラとミッコ、両方が同タイムでゴールしたとしても、タイムトライアルでミッコが勝つだろう。それでいいじゃないか」

ぼくは監督の栗《くり》色の目を見据えた。

「ミッコが山で遅れたら、どうなるんですか?」

まだ未知数とはいえ、ニコラの脚質はどちらかといえばクライマー寄りだ。もし、山でミッコがニコラに遅れたら、タイムトライアルでも取り戻せない差がついてしまう可能性もある。

「……それは、ミッコの力が足りなかったと言うことだ」

詭弁《きべん》だ。どう考えてもニコラが有利になる。しかも、優勝候補はこのふたりだけではない。

「もし、ほかの選手が一位と二位をキープして、三位の座をこのふたりが争うことになれば?」

ニコラが表彰台に上がることが、新しいスポンサーがつく条件だとすれば、チームメイトたちはミッコではなく、ニコラの勝利のために動こうとするのではないだろうか。

「チカ、おまえはチームが存続してほしくないのか?」

「もちろん続いてほしいです。契約だってほしい。でも、納得できない」

監督はぼくの返事を聞いて、息を吐いた。

「おまえの気持ちはわかった。別に今すぐ気持ちを決めてほしいというつもりはない。もう少しレースの流れを見てからでもかまわない。ニコラが期待ほどよくない可能性もある」

ぼくは唇を噛《か》んだ。

そして、ミッコが遅れる可能性だってあるのだ。たぶん、監督はそうなってからぼくに話すつもりだったのだろう。もし、ミッコに優勝の目がなくなってからこの話を聞けば、ぼくも今ほど反発しなかっただろう。レースの成り行きによって、別のチーム同士が共同戦線を張ることは決して珍しいことではない。

じっとしているのがつらくてベッドから立ち上がった。

「帰ります」

監督は黙って頷いただけだった。

今日のチーム・タイムトライアルが、なぜあれほどぎこちなかったのか、やっと理解できた。チーム・タイムトライアルで、パート・ピカルディが遅れることは、間接的にニコラのアシストをすることになる。

たぶん、監督はそんな指示はしていないと言うだろうが、それでもニコラの勝利によってチームの存続が決まるとなれば、みんなの気持ちも揺らぐ。

もうひとつ、ミッコが早く優勝争いから脱落してしまえば、彼を裏切る罪悪感も抱かなくてすむ。

部屋に戻ると、ミッコはすでに寝息を立てていた。

彼と話をしなくてすんだことに、ぼくは少しほっとしていた。

ぼくはベッドに横たわって天井を見つめた。

たとえ、監督がどう考えようと、ミッコのために走る。そうはっきり言えればこれほど苦しくはない。

納得はしていない。だが契約が取れずに日本に帰ることだけは、絶対にいやなのだ。

どんなことをしても今いる場所にかじりつきたい。そう思ってしまう自分が、たしかに存在している。

目を閉じて考える。

あの人なら、どちらを選ぶだろう。

第三章　四日目

第二ステージ、第三ステージと大きな動きはなかった。

序盤はスプリンターたちのためのステージだ。レースをコントロールするのも、スプリンターを抱えるチームで、それ以外のチームは集団の中で体力を蓄える。

アレックスは、過去に何度か優勝経験のあるスプリンターだが、去年大きな怪我《けが》をしてからあまり調子が出ていない。一応、ゴール間近になると前の方に位置取りをするが、まだスプリント勝負に参加することまではできないでいる。

ミッコの様子は、あれから特に変わらない。

荒れた様子を見せたのはあの夜だけで、翌日からはいつもと同じように振る舞っている。その姿を見るたび思う。

たぶん、彼は自転車を降りてからも戦っているのだと。

四日目の朝、目が覚めるとミッコはすでに起きて、窓の外を眺めていた。

「チカ、雨だぞ」

ぼくはあわてて起き上がった。

彼の言うとおり、窓ガラスを大粒の雨が洗っていた。ずいぶんひどい雨だった。

今日のステージの総距離は二百キロを超える。しかも途中に二級、三級とふたつの山岳ポイントを越える。

雨であろうと、レースは変わりなく行われる。スタート時までに止《や》まなければ、この雨の中を延々六時間、走らなくてはならないのだ。

「きつい一日になりそうだな」

ミッコは窓ガラスに手をついてつぶやいた。

日本ほどではないが、フランスの夏もそれなりに暑い。

昼日中などは、あまりの暑さに頭痛がしてくることもあるし、気温は日本とそう変わらないときもある。

だが、フランスの暑さはあくまでも太陽の暑さだ。朝夕は、ぐっと気温が下がるし、雨の日は半袖《はんそで》では肌寒いと感じられるほどになる。

結局スタート時刻の十一時になっても雨は止まなかった。ウインドブレーカーと、レッグウォーマー、アームウォーマーを身につけて、ぼくたちはスタートした。

ぼく自身は雨はさほど苦手ではない。

日本はもともとヨーロッパより雨の多い国だし、プロになって最初の勝利も雨の日だった。だが、それは相対的に他の選手よりましだというだけだ。

泥はねで、ジャージの尻《しり》は汚れるし、ウインドブレーカーを着ていると身体《からだ》がむっと蒸れるようで不快だ。サングラスが濡《ぬ》れて視界が悪くなるし、口の中に撥《は》ねた泥水も入る。

なによりも、雨の日には落車が起こりやすい。ぼく自身が落車しなくても集団に入っていれば巻き込まれる。

自然、プロトンにはぴりぴりとしたいやな空気が漂うことになる。

昨日までも山岳ポイントはあったが、どれも四級で大したポイント数ではない。今日飛び出して二級と三級の山岳ポイントを取れば、この時点で山岳賞ジャージを取ることができる。

心が動かないわけではなかったが、それよりもチームの動きの方が気にかかっている。

ミーティングでは監督はあくまでもミッコをエースとして作戦を組んでいる。だが、ミーティング中に漂う空々しい空気は隠せない。だれもが知っている。

今、このチームの本当のエースはミッコではないのだと。

ふいに思った。ニコラはこのことを知っているのだろうか。

クレディ・ブルターニュの監督が知らないはずはない。だが、ニコラ自身はどうなのだろう。

ぼくは目で、プロトンの中にニコラの姿を探したが、前の方にいるのか見つからない。

もしニコラが知っても、特になんとも思わないかもしれない。ぼくやミッコにとっては許し難い裏切りでも、利益を受ける方にとっては単なる幸運な展開のひとつだ。

ニコラがそれを画策したわけではないのだ。

それに、ロードレースでは違うチーム同士が共謀することはよくあることだ。

お互い利害が一致すれば、チームを越えてのアシストも行われるし、それ以外でもかつてチームメイトだった選手や、同じ国の選手同士で助け合うこともある。

もし、ミッコがアクシデントや自分のミスで優勝争いから完全に脱落したあとならば、ぼくも喜んでニコラをアシストしただろう。ぼくはフランス人ではないが、フランスのチームに所属する者として、フランス人の勝利に貢献するのはおかしいことではない。

でも、今の段階でそれは早すぎる。

ふいに、プロトンに緊張感が走った。誰かがアタックしたのだとわかる。

声をあげる者はいないが、集団で走っていれば感情の動きは波のように伝わっていく。

スピードが上がる。おや、と思った。

逃げ集団がある方が展開が安定する。普通なら、この時点のアタックは見逃してもいいはずだ。なのに集団が本気で潰《つぶ》そうとしている。

ぼくは少し前に上がった。ジュリアンの隣に並ぶ。彼はぼくを見た。

「ニコラがアタックしたようだ」

それを聞いて驚いた。

「こんなときに？」

総合優勝に絡《から》むような選手が動く時期ではない。

ニコラなら、逃がすわけにはいかないのはわかる。

無線から状況が流れてくる。最初にアタックしたのはニコラだが、一緒に四名ほどの選手が飛び出したらしい。すでに、三十秒の差がついている。

ミッコが隣にきた。

「あいつ、なにを考えているんだ」

呆《あき》れたようにそう言う。

途中に二級と三級の山岳こそあるが、最後は平坦《へいたん》が続くコースだ。飛び出しても、タイム差は望めない。無駄な力を使うだけだ。

しかもこんな雨の日に。

プロトンは追ってはいるが、タイム差はじわじわと広がっていく。

ミッコの横に、鮮やかなオレンジのウインドブレーカーがやってきた。ゼッケン十一番。去年、総合二位に輝いたイギリス人、スティーブ・アンダーセンだ。

アンダーセンはミッコに話しかけた。

「しょせん、若造だな」

逃げたニコラのことを言っているのだろう。今の逃げで、ニコラを警戒することはないと判断したようだ。

ミッコはずれたサングラスを直しながら、アンダーセンに答えた。

「ああ、だが若造は別の意味で怖い。戦略や常識が通用しない」

「たしかにな」

アンダーセンが笑った。

「ラフォンはツールで勝つだろうな。だが、それは今年じゃない。あと五年後には怖い敵になっている。まあその頃は俺はもういないから安心だ」

アンダーセンは三十四歳のベテラン選手だ。

「おまえあたりが、ちょうど追い抜かれて世代交代を実感するんだろうな」

「世代交代で追い抜かれるんならいいけどな」

ミッコは自嘲《じちょう》気味にそう言った。

ミッコの言葉の意味は、アンダーセンにはわからないだろう。今、ミッコはニコラ相手に不利な戦いを強いられている。

プロトンはニコラたちを泳がせることにしたようだ。スピードがいつの間にか落ち着いている。

審判のバイクが黒板にタイム差を書いて知らせてくれる。すでに三分以上開いている。どうやらニコラは本気で逃げているようだ。

だが、どうやっても少人数の集団の方が不利だ。峠をふたつ越えるうちに、先頭集団は消耗するだろう。そこからつかまえても遅くはない。

ひとつめの峠に差し掛かる。

二級山岳、普通の人間にとってはそれなりにきつい坂だが、この後に控える名だたる峠を思えば、赤ん坊のようなものだ。

スプリンターやタイムトライアルのスペシャリストなど、山岳ステージでは大きく遅れるような選手たちもこのくらいの山なら難なく上る。

雨はいっそうひどくなっていた。ヘルメットの穴から入り込んだ雨で、頭皮が蒸れて気持ちが悪い。

雨の日、落車以外で恐ろしいのは身体の冷えだ。ペダルをずっと回していても、身体は少しずつ冷え、体力が奪われていく。特にこの先、山頂を越えたあとの下りが危険だ。

ペダルを動かさないことと、下っていくときの風によって身体は冷え切ってしまう。一度冷えた身体は、もう思うようには動かない。

もっとも、今日のように朝から降っていれば、雨用の装備で挑めるからまだましかもしれない。途中で降り出して、雨具を着るタイミングを逃してしまうことの方が怖い。

山頂を越えて下りに入る。

想像以上にテクニカルなコースだった。急な上にカーブが多い。プロトンが細く長くのびていく。

自然に前の方にきていた。もともと日本にいたときから下りは得意だ。

身体を小さくして空気抵抗を軽減しながら、風に乗って下る。雨で視界が悪いから、無理は禁物だが、慎重に下っていてもいつの間にか前に出てしまう。

少し自信がわいてくる。少なくとも下りに関しては、集団の名だたる選手たちと充分戦えそうだ。

集団の先頭に立って、鋭いカーブを越えた。その先にまだカーブがある。最短距離を突っ切り、軽くブレーキをかけながらそのカーブを曲がった。

危険なコースだな、と思ったときだった。自転車が滑る音がした。

後ろを振り返って息を呑《の》んだ。

選手がひとり、急にブレーキをかけたらしくスリップして転倒していた。

しかも後ろから見えない場所だ。

次々に選手がつっこんできて、落車に巻き込まれている。

ゆっくりとブレーキをかけながら、道路脇《わき》に移動して自転車を止めた。

後ろからきた選手は、前で倒れている選手を轢《ひ》いて、また転倒する。三十人以上が巻き込まれているように見えた。

無事な者たちは、次々に起き上がって、また自転車にまたがるが、中には起き上がれない者もいる。うずくまっている選手の中に、大柄なマスタード色のウインドブレーカーを見つけて背筋が冷える。

「ミッコ！」

あわてて駆け寄った。彼は腕を押さえていた。

ウインドブレーカーとジャージが大きく破れて、肩と腕がむきだしになっている。側に倒れている自転車は大きく歪《ゆが》んでいた。

「大丈夫か？」

彼はなにも言わずにゆっくりと起き上がった。どうやら動けないわけではないようだ。少しほっとする。

隣で倒れているオレンジ色のウインドブレーカーの選手を見て驚いた。アンダーセンだ。しかも起き上がることもできないようで、低く呻《うめ》いている。

一瞬、苦い記憶が蘇《よみがえ》って、身体が凍り付く。

バンク・ペイ・バのチームカーが止まった。スタッフたちが飛び出してきて、アンダーセンに近づいた。メディカルカーから降りた医師たちが、彼の瞳孔《どうこう》を確認している。頭を打っているようだ。

ミッコの声がした。

「チカ！　行くぞ！」

見れば、ミッコはすでにチームカーから新しい自転車を下ろして、それにまたがっていた。

ぼくもあわてて、自転車に飛び乗った。

ミッコを集団に戻さなければならない。

走り出しながら、アンダーセンの方を振り返ると、彼が担架に乗せられているのが見えた。

リタイアという文字が頭に浮かんだ。

去年、総合二位の優勝候補のひとりが、たったひとつの事故によって消える。

ひとつ間違えば、ミッコがああなっていたかもしれないのだ。

ぼくはミッコの方を見た。

「よかった。たいしたことなくて……」

そう言いかけて、ぼくは息を呑んだ。

ミッコの腕からはだらだらと血が流れていた。

「ミッコ！　その傷……」

彼は自分の腕に目をやって舌打ちをした。

「メディカルカーで治療してもらう」

彼は後ろに下がって、メディカルカーと併走した。走りながら血を拭《ぬぐ》い、ガーゼとテープで押さえているのが見えた。

少し走ると、ジュリアンが自転車を止めて待っていた。ほかのチームメイトたちは、先に行ってしまったようだ。

本来なら、全員が残ってミッコを集団に戻すべきなのだ。

ジュリアンは後ろで治療を受けているミッコを心配そうに見た。

「大丈夫なのか？」

「わからない。走れないようではなさそうだけど」

無線からはアンダーセンがリタイアしたという知らせが流れてきた。鎖骨を骨折しているということだった。

やっぱり、と思うと同時に少しほっとする。

鎖骨の骨折は、重傷ではない。もちろんリタイアはしなければならないが、選手生命を失うような怪我《けが》にはならない。

さっき起き上がれなかったのは脳震盪《のうしんとう》を起こしていたのかもしれない。

治療を終えたミッコが戻ってきた。

「急ぐぞ。プロトンに追いつかないと！」

だが、傷を押さえたガーゼはすでに赤く染まっている。出血はずいぶん多そうだ。

「いったいどうしてそんな傷が……」

「後からきた自転車のディレイラーにひっかかってやられた」

聞いただけで痛そうだ。ぼくとジュリアンは視線を交わした。

治療のせいで、集団からは三分近く遅れてしまっていた。ゴールまでに取り戻さなければ致命的な遅れとなる。

まだこれから三級山岳を越えて、七十キロ以上走る。距離が長いのは、遅れを取り戻すのにはいいが、ミッコは怪我をしているのだ。

雨は少し小降りになっていた。土砂降りよりは視界がきくようになったが、雨が止《や》んでしまえば、雨上がりの道路はよけいに滑りやすくなる。

決して楽な状況ではない。だが、やるしかないのだ。

ぼくはペダルに力を込めた。

ぼくとジュリアンのふたりで、ミッコを集団に戻すのは、大変な仕事だった。ミッコもときどき前に出ようとしたが、ぼくがそれをやめさせた。

怪我も心配だが、彼の体力をこれ以上消耗させるわけにはいかない。

普通ならば、主要選手が落車したときは、集団がスピードを落として待っていてくれることが多い。

ルールではないが、ロードレースの紳士協定のひとつだ。ミスや実力不足で遅れたのではなく、アクシデントで遅れた選手ならばなるべく待つ。

だが、今日は事情が違う。先頭を優勝候補のひとり、ニコラが走っているのだ。彼に追いつかなければ自分たちがダメージを負う。ミッコを待っている余裕はない。

ぼくは唇を嚙《か》んだ。なにもかもが悪い方へと進んでいく。

途中でミッコはもう一度メディカルカーのところに下がった。血に染まったガーゼを替え、保護フィルムで傷を覆《おお》ってもらっている。痛み止めをもらっているところを見ると、ひどく痛むのだろう。

不安が胸を押しつぶす。あの傷でこれから十五日以上戦えるのだろうか。

幸い、残り十キロ地点を前にして、プロトンには追いつくことができた。集団の尻《しっ》尾《ぽ》にミッコがつくのを見て、ぼくは大きく息を吐いた。

雨と予想外の仕事で、ぼくの体力はすでにぎりぎりだった。それはジュリアンも同じだったらしく、急にふたりしてスピードが落ちる。

あと十キロなら、ゆっくり行ってもタイムアウトになることはない。ぼくらは集団から遅れて、自分たちのペースでゴールすることにした。

少し腹立たしく思う。残りのチームメイトも一緒に手伝ってくれればずいぶん楽だったはずだ。

彼らにとっては、もうミッコはエースではないのかもしれない。

ニコラはまだ先頭を走っている。無線の情報では集団よりも三分先だ。残り距離を考えると、追いつく確率は五分五分といったところか。

もしかすると、今日は彼がステージ優勝するかもしれない。場合によってはマイヨ・ジョーヌを着ることもあり得る。だが、代わりに一日でずいぶん体力を使ったはずだ。この展開がニコラにとって吉と出るか凶と出るかは、まだわからないのだ。

もっとも、ニコラにとって目標がステージ優勝なら問題はない。だが、メディアやファンたちがニコラに望んでいるのは、それだけではないのだ。

ニコラのグループはうまく逃げているようだ。プロトンは距離を縮めることができずにいる。

こういうとき、先頭集団が勝ちを意識して互いを牽制《けんせい》しはじめると、一気にプロトンが有利になるのだが、今回はそういかないようだ。

ぼくたちが残り三キロのゲートをくぐったときに、ゴールのアナウンスが聞こえてきた。

優勝したのはニコラではなかった。

ミッコはゴールするとすぐに車に乗って病院へ向かった。

ゴールまで走りきることができたからには、リタイアはないだろうが、あの傷では縫合が必要なはずだ。

ステージ優勝したのは、エスパス・テレコムのロメアという選手だった。彼はニコラと同じ先頭集団で走っていた。マイヨ・ジョーヌは、これも先頭集団にいたアレジオ・ネーロのコレーラ。どちらもアシストで優勝争いに絡《から》むような選手ではない。

ニコラは山岳賞と、新人賞のジャージを獲得していた。

——山岳ポイントを獲得したのか。

そのことに少し驚く。山岳ポイントはほかの選手に譲って、自分はステージ優勝を取りに行くのかと思っていた。

優勝はしなかったが、ニコラは集団――ほかの優勝候補に一分半の差をつけ、総合三位となった。これは大きなアドバンテージだ。

前にいるロメアやコレーラはさほど怖い敵ではない。総合では、去年の覇者、モッテルリーニにも一分以上先んじ、ミッコに対してはタイムトライアルでの勝利も含めて二分半の差をつけている。

マッサージを受けて、しばらくくつろいでいると、ミッコが帰ってきた。

「傷の具合は？」

尋ねると、少し顔をしかめた。

「七針縫った」

聞いただけで痛そうだ。縫合すると傷も引き攣《つ》れる。明日以降の走りに影響が出ることは確実だ。

「走れるのか」

「走るさ」

彼はベッドに腰を下ろして、テレビをつけた。ニュースのチャンネルに合わせると、ちょうどツールのニュースをやっていた。

先頭グループはロメア、コレーラ、ニコラの三人だった。最初は五人だったが、ふたりは途中で脱落したようだ。

三人はスプリント勝負をして、ロメアが勝った。

コレーラのマイヨ・ジョーヌはアレジオ・ネーロがチーム・タイムトライアルで稼いだタイム差によるもので、今日の結果は関係ない。

ミッコが鼻で笑った。

「見ろよ。あいつ、譲ってやがる」

「え?」

言われてみて気づいた。ニコラはゴールの少し手前で踏むのをやめていた。

「ステージを譲るのは、自分が総合を勝てると信じている者だけだ」

ミッコのことばを聞きながら、ぼくは天井近くに設置されたテレビを見上げた。

テレビの中ではニコラが笑顔でインタビューを受けていた。

第四章　タイムトライアル

翌日の朝、ミッコが痛み止めを水で流し込んでいるのを見た。彼は痛みに耐えて走るつもりらしかった。そのことは別に不思議ではない。

常人ならば七針も縫う傷を負ったあと、二百キロ近い距離を自転車で走り抜くことはできないだろう。だが、プロの自転車選手たちは驚くほどタフで、そして回復力がある。グラン・ツールの前半に怪我《けが》をしながら、後半は包帯も外してけろりとした顔で走っていることもある。

問題は、明日に控えた個人タイムトライアルだ。山のないフィンランド出身のミッコは山岳があまり得意ではない。今までのグラン・ツールでも必ず山岳で遅れを取っていた。だから、勝つためには個人タイムトライアルで他の優勝候補たちを圧倒的に引き離すほどのタイム差をつけなければならないのだ。

明日まで傷のダメージを引きずるようなら、ミッコの総合優勝は難しくなる。

部屋割りはあれから変わっていない。だが、ぼくとミッコのあいだに漂う空気は確実に重くなっていた。彼はたぶん、ぼくのことも信用していない。

第四ステージで、ミッコを集団に戻すのに力を尽くしたが、それでもニコラの勝利によってぼくの契約の存続が決まることには変わりはない。いつ、ぼくが手のひらを返すかわからないと考えているのかもしれない。

正直なところ、ぼくの気持ちもまだ揺らいでいる。

ミッコをアシストしたい気持ちに変化はないし、監督の決断に納得できないのは嘘《うそ》ではない。だが、もうひとりの自分がこう囁《ささや》く。

――で、おまえはそうやって、ここから退場するのか？

二十七歳でプロチームとの契約を失って、バイトでもしながらヨーロッパのアマチュアチームに留まるか、それとも日本に帰るか。

どちらにせよ、もう一度プロチームとの契約を結ぶことは格段に難しくなる。

今はミッコをアシストするつもりでいる。だが、そんな迷いを抱えたまま、本気で力が出せるかどうかわからない。

こういうとき、お互いが母語でないことばでコミュニケーションを取っていることはよけいにやっかいだ。

お互いうまくいっているときでさえ、日本語で話す相手とくらべて、薄紙を一枚挟んだようなもどかしさを感じている。簡単な会話ならまだしも、複雑な感情を伝えることは難しい。

ミッコは毎日のように奥さんのレナに電話をかける。同じフィンランド人であるレナとの会話は、もちろんフィンランド語だが、今までは気にならなかったその電話がやけに気にかかる。

彼が本音を吐露しているような気がするのだ。だが、フィンランド語はあまり抑揚のないことばで、彼が怒っているのか、嘆いているのか、ぼくにはわからない。

それともそのことばと同じように、起きたことを淡々と受け止めているのだろうか。

第五ステージは集団ゴールだった。

スプリンターたちが優勝を争い、ぼくらは集団後方で安全にゴールする。

同じ自転車選手なのに、ぼくにはスプリンターたちがどんな気持ちなのかまったくわからない。

集団の中、コンマ一秒を争うようにペダルを踏む。その速度は平坦《へいたん》なのに七十キロを超えるという。もちろん、ひとり転倒すれば多くが巻き込まれる。

ぼくも、数人のスプリントなら戦うこともあるが、あの集団ゴールでのスプリントにだけはとても参加できない。速さの問題ではない。山岳の下りなら時速九十キロでも平気だ。

だが、あの、人と自転車がもつれ合い、競い合うゴールスプリントの中に割り込むことはできない。

どこかで聞いたことがある。スプリント力というのは本能なのだと。登坂《とうはん》力のようにトレーニングで鍛えるのとは違う。高速の中、もっとも勝利に近い位置取りをして、ライバルを追い越し、ゴールへと飛び込むのは、本能のみの働きだと。

そんなことを思いながら、ぼくはホテルの場所を地図で確かめた。今日はゴール地点から近いから、自転車で自走していくことになっている。

「チカ！」

呼ばれて振り返ると、深雪さんが手を振っていた。ぼくが手を振り返すと、彼女はカメラを構えて、何度かシャッターを押した。

彼女は写真を撮り終えるとぼくに駆け寄ってきた。

「コルホネンの怪我、どう？」

「ああ、今のところ大丈夫みたいだけど……」

問題は明日のタイムトライアルだ。明日で、彼が本当に回復しているかどうかわかる。

ぼくは自転車を降りて、彼女と並んで歩いた。ビンディングシューズのままでは歩きにくいが、日本語で話をしたい気分だった。

ふいに、彼女との約束を思い出す。今の今まですっかり忘れていた。

「ごめん、そういえばチームのみんなに紹介するって言ったよね。あれ、ちょっと今は無理そうだ」

「うん、いいの。だって、エースが落車して怪我したんだもの。みんなぴりぴりしているわよね」

チームがぎくしゃくしている理由は別にあるのだが、ぼくはそれには触れず曖昧《あいまい》に笑った。

「そうだ。この前撮った写真をプリントしたの。ちょっと待ってね」

深雪さんは鞄《かばん》を開けて中を探った。

「ああ……ホテルに忘れてきちゃったかも……、ごめんなさい」

「いいよ。また次のときでも」

あまり自分の写真は好きではなかった。よくプレゼントしてくれる人はいるが、正直なところ、もらってもそのあとどうしていいのかわからなかった。ちらりと見て引き出しにしまうだけだ。他の人はいったいどうしているのだろう。

彼女は少し先の建物を指さした。

「ホテル、あそこなの。五分待っててくれたら取ってこられるんだけど……忙しいかしら」

ぼくは少し考えた。すぐにホテルに戻ってもマッサージの順番はまだ先だ。その間、またミッコと一緒にいることになるのも気が重い。

「じゃあ、そこのホテルまで一緒に行こう。ロビーかどこかで待ってるよ」

彼女の泊まっているホテルの一階には、カフェがあった。混んでいたが、ちょうど一組出ていくところでテラスの席が空いた。そこでコーヒーでも飲みながら待つことにする。

彼女がホテルに入って間もなく、黒と紫のジャージの集団がこちらにやってくるのが見えた。クレディ・ブルターニュの選手たちだ。中にはニコラもいる。

彼はすぐにこちらに気づいた。

「やあ、チカ。パート・ピカルディもこのホテルなの？」

どうやら、このホテルにクレディ・ブルターニュが泊まっているようだ。

「いや、ちょっと人を待っているんだ」

「女性？」

「ああ、でも日本人のフォトグラファーだ。特別な関係じゃないよ」

ふいに思いついた。ミッコを紹介できない代わりに、ニコラを紹介すれば深雪さんは喜ぶのではないだろうか。彼は今、注目を浴びている。

「ねえ、ニコラ。よかったら彼女に写真を撮らせてあげてくれないかな。きっと喜ぶから」

「ぼくでいいの？」

彼の返事に、ぼくは苦笑した。

「なにを言ってるんだ。今朝の『レキップ』にもきみのインタビューが載っていた。今、ジャーナリストやフォトグラファーに追い回されているだろう」

彼は肩をすくめた。

「でも春まではだれも名前も知らなかった。日本人には有名じゃないだろ」

「フランスまできてツールの写真を撮ってるんだ。知ってるよ」

ホテルのドアが開いて、深雪さんが出てきた。彼女はぼくと一緒にいるニコラを見て、目を見開いた。

「え？　ニコラ・ラフォン？」

「ほら、知ってた」

ぼくは深雪さんにニコラを紹介した。彼女の目が輝く。

「すごい。お会いできてうれしいわ。写真を撮らせてもらっていいかしら」

彼女は英語でそう言った。ニコラは微笑《ほほえ》みながら、彼女に手を差し出した。

それから、フランス語で言う。

「ごめん。英語は苦手なんだ。言われていることは半分くらいわかるけど。チカ、通訳してくれる？」

「ああ、いいよ」

ぼくを通すのなら、深雪さんが英語で話す必要はない。ぼくは深雪さんにそう伝えた。

ギャルソンが椅子《いす》をひとつ持ってきてくれる。ぼくらは三人でひとつのテーブルに座った。

ニコラと深雪さんが注文を終えるまで、少し待った。先にニコラが口を開く。

「フォトグラファーだと聞いたから、どんな人かなと思ったけど、ずいぶん若くてびっくりしたよ。フランスにはひとりで？」

ぼくはそれを日本語に訳すと、深雪さんはくすりと笑った。

「若くなんてないですよ。ニコラよりもずっと年上。三十過ぎてるもの」

「え、本当？　全然そんなふうに見えないよ。学生かと思ったもの」

たぶん、フランス人にとっては日本人は若く見えるのだろうが、彼女の年齢を聞いてぼくも驚いた。同い年くらいだと思っていた。

「結婚してるの？　もしくは恋人と一緒にきてる？」

ニコラの質問を訳しながら、ぼくは苦笑いした。ぼくならたとえ気になっていても、そんなことはなかなか訊《き》けない。こういうとき、フランス人は率直だ。

「結婚もしてないし、恋人もいないわ。だからこうやって自由にフランスにきているの」

彼女はそう言ってカメラを構えた。

「何枚か撮っていいかしら」

「どうぞどうぞ。ポーズでも取る？」

「そのままでＯＫ。普通にしてて」

初対面のぎこちなさはもうない。ニコラはおどけて顔をしかめたりして、深雪さんを笑わせた。

「じゃあ、ミユキはこの先もツールと一緒にまわるんだね」

「ええ、そのつもり。また声をかけてもいい？」

「もちろんだよ。それと覚えておいて。ぼくは年上の女性が好きなんだ」

訳す方が赤面する。深雪さんはくすくすと笑った。

「学生に見えるんでしょ」

「外見じゃなくて内面の問題だよ。それにギャップがあるのもミステリアスだ」

「冗談ばっかり」

そう言いながらも、彼女は悪い気分ではないようだった。弾《はじ》けるような笑顔を見せる。アムールの国の男には敵《かな》わない。

彼はふいに真剣な顔になった。

「今度、ドニも紹介するよ。彼の写真も撮るといい。きっと近いうちにどこかで優勝する」

深雪さんはドニ・ローランを知らなかった。クレディ・ブルターニュの若手選手だと説明する。

「強いの？」

「うん、ぼくは子供の頃、全然ドニに勝てなかった。彼にはぼくより才能がある」

「クライマー？」

この質問はぼくがした。

「そう。でも、スプリント力もあるよ。スプリントならぼくよりもずっと強い。ぼくはスプリントが得意じゃないから」

そういえば、ニコラは雑誌のインタビューでもドニを誉《ほ》めていた。

「仲がいいんだな」

「そうだね。子供の頃からずっと一緒だからね」

ニコラはそう言いながら立ち上がった。

「ごめん。そろそろ戻らないと。インタビューがあるんだ。いつもふらふらしているから、監督に怒られてばかりだ」

「ああ、呼び止めて悪かったね」

「いいよ。ミユキにも会えたしね」

彼は片手を出して、深雪さんに握手を求めた。

「じゃあね、ミユキ。今度会うまでに英語を猛勉強しておくよ」

ホテルに戻っていくニコラの後ろ姿を見送りながら、深雪さんは笑った。

「注目の若手なのに、気取ってなくていい人ね。紹介してくれてありがとう」

鞄を探って、封筒を取り出す。

「はい、これ。チカの写真」

封筒を開けると、六枚ほどのぼくの写真が出てきた。最初は硬い顔をしていて、少しずつ表情がほぐれているのが自分でもよくわかる。

こんなに感情が顔に出るものかと思うと急にそれが嫌になって、急いで写真を封筒に戻した。

「ありがとう。いい写真だね」

お世辞のつもりはない。ぼくの感情がはっきりうかがえるということは、間違いなくいい写真なのだろう。

「そう、気に入ってくれてよかった」

彼女はぼくの内心の複雑さなど想像もしないように微笑んだ。

その夜、ぼくは監督の部屋に呼び出された。

オルレアンから反時計回りにはじまったツールは、アキテーヌ地方のミミザンという町に辿《たど》り着いていた。明日のタイムトライアルはミミザンで行い、その後、バイヨンヌまで下って、ピレネーに入る。

第一週も後半に入っていた。タイムトライアルは第六ステージ、まだ五日間しか経《た》っていない。先はまだまだ長い。

呼び出されたときは、この前の返答を求められるのかと思って、不快になった。監督はわざわざ、ぼくとミッコの部屋にやってきて、ぼくを自分の部屋に呼んだ。

ミッコはただでさえ、明日のタイムトライアルに向けて神経を張り詰めさせている。ぼくが監督に呼び出されたのを見て、いい気分になるわけはない。

監督は、部屋でインスタントのコーヒーを淹《い》れてくれた。そしてこう尋ねた。

「ミッコの調子はどうだ？」

ぼくはカップを受け取りながら、首を横に振った。

「よくわかりません。あんまり喋《しゃべ》ってくれないですし」

少なくとも、あの怪我《けが》のあとも集団から遅れるようなことはない。そういう意味では走れないほど苦しいというわけではないだろう。だが、集団で走るのと、タイムトライアルで全力を出すのとでは全然違う。またタイムトライアルの翌々日は、もうピレネー山脈に入る。山岳ステージとなれば、もっと状況は厳しくなる。

ミッコはもともと無口だから、ただでさえコミュニケーションが取りにくい。それでも、今までは彼と一緒にいることを気まずいと感じたことはなかった。今は正直、誰かがリタイアして、部屋割りが変わればいいのにとさえ思う。

監督は自分の分のコーヒーを手に、椅子に腰を下ろした。

「ドクターに聞いてみたが、ミッコはまだ痛み止めを飲んでいるようだ」

もう怪我をしてから丸一日が経っている。それでも鎮痛剤を必要とするのならば、あまりいい兆候ではない。

レースには常にオーガナイザーの手配したドクターや、チームドクターが同行している。誤って、ドーピング検査に引っかかってしまう薬を処方されることがないように、規定により、ぼくたちは彼らに処方される薬しか飲んではならないことになっている。

監督はじっとぼくの目を見据えた。

「ミッコは明日勝てると思うか」

「わかりません」

タイムトライアルが得意なアンダーセンがリタイアしたのは、ミッコのためには追い風だ。ほかにもタイムトライアルのスペシャリストは何人もいるが、優勝候補で、なおかつタイムトライアルが得意なのはミッコだけになる。

　ふいに思いついて監督に尋ねてみた。

「ニコラはタイムトライアルはどうですか？」

「今年のツール・ド・スイスでは五位だった」

　だとすれば決して悪くない。好調なときのミッコには及ばないとしても、苦手としているわけではなさそうだ。

「だが、ツール・ド・スイスのタイムトライアルは、山岳をいくつも越えたあと、最終日にある。だから純粋なタイムトライアルの成績はまだ未知数だ」

　監督のことばに頷《うなず》いた。山岳ステージを終えたあと、終盤にあるタイムトライアルは自然と山の得意な選手に有利になる。山での疲労が相対的に少ないからだ。

　タイムトライアルが得意な選手は、だいたい身体《からだ》が大きく筋肉量が多い。自然と体重も重くなるため、山でのダメージが大きいのだ。

「ニコラは今年プロになったばかりだ。彼に関する情報は少なすぎる。山が得意なのはたしからしいが、それ以外はよくわからない」

「スプリントは苦手だと言っていました」

ぼくがそう言うと、監督は少し驚いた顔になった。

「ニコラと話したのか?」

「何度か、彼の方から話しかけてきたので少しだけ。日本に興味があるみたいでしたから」

「感じのいい奴《やつ》だろう」

「そうですね」

渋々頷いた。そのままニコラの話を続けられるかと思ったが、監督は話を変えた。

「ミッコは夜、ちゃんと眠っているか?」

「たぶん。もちろん覗《のぞ》きこんで確かめたわけではないですけど」

監督はコーヒーを飲み干すと頷いた。

「そうか。それなら、まだ安心だな。あいつのことだ。簡単にへこたれないさ」

その口調は以前――ミッコが絶対的なエースだったときと同じだった。ぼくが少し意外に思って監督を凝視していると、彼は寂しげに笑った。

「別にわたしもミッコに負けてほしいわけじゃない。彼とツールを勝つために何年一緒に頑張ったと思うんだ」

ミッコがパート・ピカルディに所属するようになって五年。そのうち四年間、ツールのエースは彼だった。監督とミッコは今まで互いを信頼し合って、ツールでの勝利を目指してきたのだ。

「だが、すっかり嫌われてしまったようだ。もうあまり口をきいてくれない」

ミッコにしてみれば、監督を信じていたからこそ、今度のことは手ひどい裏切りに思えたはずだ。ぼくにもそう感じられた。

だが、監督にとっては、チームを存続させることがなによりも大事だ。スポンサーを失ってしまえばなにもできない。彼にとっても苦渋の決断だったのだろう。

監督だって本当は、ミッコに優勝してほしかったはずなのだ。

どうして、世界はこんなにもちぐはぐなのだろう。


タイムトライアルの朝は快晴だった。

この日のミッコの成績によって、彼がこのあとどれだけ戦えるかが決まる。もし、今日いい成績を出せなければ、彼のツールはもう終わったも同然だ。

今朝起きたとき見た彼の顔は、今まででいちばん硬かった。朝食のときもほとんど口をきかなかった。ただ、茹《ゆ》でてパルミジャーノをかけただけのパスタを大量にもくもくと口に運んでいて、それでぼくは彼の本気を知った。

ロードレース選手にとっては食べることも仕事のうちだ。いかに効率よくエネルギーを摂取し、蓄えるか。それも勝敗の大きな要因だ。

一方、ぼく自身はといえば、タイムトライアルの日は半分休養日のようなものだと言っていい。

普段のレースなら、たとえ平坦《へいたん》でもアシストの仕事はあるし、いつ何時戦況が変わるかわからないから神経を使う。だが、タイムトライアルの日は、アシストとしてすることはひとつもない。

強いて言えば、ぼくの方がミッコより先に走るから、コース上の注意点、滑りやすい道や危ないカーブなどについて、無線を通じて知らせることができるがそれだけだ。

もちろん、タイムトライアルに強い選手なら、少しでもいい成績を出すために本気で走るが、ぼくはもともと平坦のタイムトライアルは苦手だ。たとえ必死に走ったって、トップから三分は軽く遅れてしまう。それならば、軽く流して体力の消耗を少なくした方がいい。

スポーツは精神だ、というような論調の人から見ると、苦手だからと言って力を抜くのは不真面目《ふまじめ》に思えるかもしれない。だが、三週間のグラン・ツールは世界でいちばん過酷なスポーツだ。休めるときに休まなければ、きれいごとだけではやっていけない。

それに、勝てる可能性のないところで力を使って、このあとのピレネーまで疲労を引きずってしまう方がよっぽどまずい。

ときどき思うのだ。人生だって似たようなものかもしれないと。

ぼくは今、総合で九十八位だから出走順は中程だ。低い順位の者からスタートしていき、マイヨ・ジョーヌを着た選手がいちばん最後に走る。

ミッコは今のところ総合二十五位だ。だが、前にいる選手にはチーム・タイムトライアルでアドバンテージを取っただけで、さほど力のない選手も多いし、十位から五十位あたりまでのタイム差は一分もない。もし、怪我をしていなければ、彼はこのタイムトライアルでの優勝候補だ。うまくすれば、上位の選手をごぼう抜きにして、総合成績を上げることができるだろう。

ぼくの出走順が近づいてくる。ちょうどミッコがチームバスから降りてきて、ローラー台にまたがり、アップをはじめる。ぼくはミッコに言った。

「コースを見てくるよ」

彼は黙って頷いた。

まだ早い時間なのに、沿道には観客がたくさんいた。カメラを構える客や、応援グッズを振る客。たとえ、ぼくの名など知らなくても、彼らはツールを走っているというだけで声援をくれる。

カウントが始まり、ぼくはペダルにシューズをはめた。ゼロ、という声と同時にペダルを踏む。

プレッシャーがない状態で、自転車に乗るのは気分がいい。まわりの状況や戦略に気を取られることなく、ただ走ることを楽しめる。

ミッコのことは気にかかるが、ぼくが気にしても仕方がない。彼ならやるだろう、と信じるしかない。

コースの半分は海岸線沿いだった。気分はいいし、アップダウンも少ないから体力的にも楽だ。唯一《ゆいいつ》心配していたのは海からの横風だったが、それもさほど強くはない。

五十七キロのタイムトライアルは、あっという間に終わった。ぼくのタイムは一時間四分。決してよくはないが、落車もせず、気持ちよく走れれば充分だ。

チームバスに戻ったときには、選手たちはだれもいなかった。ほかのチームメイトたちも今走っている最中だし、ミッコもすでにスタート台の方へ行ったらしい。監督やメカニックたちもチームカーで走っている。

チームバスに備え付けてあるマシンでエスプレッソを淹れ、テレビでミッコの走りを観戦することにした。

こんなことができるのも、出走に時間差があるタイムトライアルならではだ。ちょうど、ミッコがスタート台に上がっているところがテレビに映った。サングラス越しの彼の碧《あお》い目は、ひどく静かだった。気負いもなく、リラックスしているように見えてほっとする。

彼のスタートが終わると、カメラはすぐに切り替わって別の選手を映し出した。今、コース上では六十人以上の選手が走っている。もちろん、一度もカメラに映し出されることなく終わる選手も多い。たぶん、ぼくだってスタート地点くらいしか映らなかっただろう。

映るのは人気選手や、総合優勝が期待される選手、タイムトライアルに強い選手、それと現在いいタイムを出している選手たちだけだ。それでも十人以上いるはずだ。

観戦しているうちに、ぼくはふとあることに気づいた。

チェックポイントごとに、現在上位の選手が表示される。だが、そこに表示されている名前は、みんな早くスタートした選手ばかりだった。

おや、と思う。下位の選手からスタートしていくシステムだから、必然的に出走順が遅くなるほど強い選手が出ることになる。だから、チェックポイントの上位選手は次々に書き換えられていくのが普通なのだ。

なのに、下位の選手が出したタイムを、上位の選手が超えられないでいる。

そうなる理由はたったひとつ。ぼくは、テレビの画面に注目した。何度か画面が切り替わったあと、海岸線のコースが映った。観客が振る旗を見て、ぼくは自分の推測が正しいことを知った。

風が変わったのだ。

ぼくが走ったときには、海岸線の風は穏やかだった。だが、今は強い横風が吹いている。

急いでコース図を取りだして風向きを調べる。コースの半分は海からの横風に悩まされることになり、その後、少しだけ追い風になるものの、後半は向かい風の中を進んでいくことになる。最悪だ。

風は自転車にとって、侮《あなど》れない敵だ。選手によっては、坂よりもずっと手強《てごわ》いという者もいる。

横風のときは横から常に押されているような抵抗があり、向かい風となれば、いくらペダルを踏んでも前に進んでいかないような重苦しさを感じる。

ロードレースのときは、集団で走るから風の抵抗もまだ軽減される。だが、タイムトライアルでは、すべての風をひとりで受け止めなければならない。

テレビにミッコが映った。海岸線の強い横風の中を走っている。自分の状況に気づいているのか表情は変わらない。

せめて後半に風が変わってくれればいい。向かい風が追い風に変われば、ずいぶん結果が変わる。

ジュリアンとアレックスがチームバスに戻ってきた。ジュリアンが真っ先に尋ねる。

「ミッコの成績は？」

「まだチェックポイントを過ぎていないからわからない。でも、横風が強くなっている」

「ええっ、本当？」

アレックスも険しい顔になる。ふたりは監督の提案を受け入れて、ニコラをアシストすることを了解しているが、それでもやはりミッコのことは心配なようだ。

「後半になるまでにもう一度風が変わってくれればいいんだが……」

話している途中に、ミッコが第一チェックポイントに差し掛かる。映し出されたタイムを見て、ジュリアンが歓声を上げた。

「やった！　トップ通過だ」

上位選手の名前が書き換えられる。ミッコ・コルホネンが第一チェックポイントをトップで通過した。

風が収まったのだろうかと思いながら、画面を見る。依然、横風は強いように見えた。

彼は必死に走っている。風と闘いながら。

このあとに出走する選手も多いから、まだトップを守れるかどうかはわからない。しかもこのまま風が変わらなければ、後半は向かい風になる。

画面にミッコが映る回数が、急に多くなる。テレビカメラもミッコを今日の優勝候補と認めたようだった。

次々にチームメイトたちが帰ってくる。彼らはミッコが暫定《ざんてい》トップであることを知ると、真剣な顔でテレビに見入りはじめた。

第二チェックポイントがやってくる。ここも一位通過だ。チームバスにまた歓声が上がる。だが、この先が向かい風だ。

テレビにニコラが映った。彼は、軽いギアで忙《せわ》しくペダルを回していた。画面で見る限り、ポジションもきれいで、自転車も揺れていない。なかなか速そうだ。

ふいに思った。ニコラの走りは、どこか楽しそうだ、と。

まだミッコやほかの優勝候補のように、鬼気迫るところはない。彼の人柄そのままで、走ることを楽しんでいる。そんなふうに見えた。

またミッコが映る。カメラがなぜか彼の右腕を映そうとしていた。その理由にはすぐ気づいた。右腕に巻かれた包帯に、赤い血が滲《にじ》んでいるのだ。

「傷がまた開いたのか……」

思わず、日本語でそうつぶやいてしまった。不思議そうな顔をするジュリアンに、あわててフランス語で説明する。彼も痛々しそうに顔をしかめた。

あとから出走した選手がチェックポイントを通過していくが、だれもミッコのタイムを超えることができない。ニコラもミッコに四十秒近く遅れていた。

風は変わらない。向かい風の中、ミッコは鬼のような形相でペダルを踏み続ける。傷も痛むはずだ。白い包帯に滲む血はどんどん面積が広がってくる。

ゴールまであと五百メートル。現在一位の選手とのタイム差はぎりぎり。

ぼくたちは息を呑《の》んで見守った。今にも優勝に手が届くかもしれない。

三百メートル。二百メートル。一位の選手とのタイム差はどんどん縮まってくる。

必死に祈った。ミッコが一秒でも速くゴールに飛び込むように。

百メートル。もう彼の口のまわりは白い泡で汚れている。

最後の瞬間、彼はスプリントのように自転車ごと前に飛び出した。

だが一秒遅かった。結果が出る。二位。

チームバスの中に落胆のためいきが広がった。

一位になったのは前半の風がない時間にスタートした選手だった。それを考えると、実力では圧倒的にミッコが上回っている。

だが、タイムトライアルでは出走時の天候は考慮されない。たとえ、自分の出走のときだけ土砂降りだったとしても、それは仕方がないことだと見なされる。運が悪い。

暗い雰囲気になったチームメイトたちを慰めるようにジェラールが言う。

「でも、これでほかの優勝候補には差がついただろ」

たしかにそうだ。モッテルリーニもカンピオンもタイムトライアルは得意ではない。ミッコから二分近く遅れている。これで山岳の分も、少し余裕ができた。

アレックスがぼそりと言った。

「ニコラは五位だ」

はっとして画面を見る。ニコラは第三チェックポイントを通過したところだった。

暫定五位。ニコラのあとに出走した選手は、すでに大きく遅れているから、これではほぼ順位は確定だろう。

「でもニコラも、ミッコより一分近く遅れている」

ミッコとのタイム差は五十五秒。ゴールまで行けば、もう少し広がるかもしれない。

ジュリアンが急に声をあげた。

「ニコラがマイヨ・ジョーヌだ！」

あわててタイム差を計算する。間違いない。ニコラは現在総合三位だが、上位のふたりはすでにかなり遅れている。ミッコが今日つけたタイム差を考慮しても、ニコラのタイムには届かない。

ニコラがゴールに飛び込んでくる。満面の笑顔で、手を振りながら。もうタイム差は無線で聞いているだろう。

自分がマイヨ・ジョーヌを手に入れたことも。

割れるような歓声が、彼を包んだ。


マイヨ・ジョーヌ。ツールの総合リーダーが身につける黄色い特別なジャージ。

最終的にパリでそれを着た者が、ツールでの勝者となり、その歴史に名を残すことになる。だが、途中で脱ぐことになっても、たった一日だけでもそれを着れば、選手としての人生は一変する。そのくらい特別なジャージなのだ。

多くの選手は、爪《つめ》の先すら触れられぬまま、引退していく。

そう、たぶん、ぼくだってそのひとりだ。

その夜、部屋に戻ったぼくは、すでにベッドに横たわっているミッコに尋ねた。

「傷の具合は？」

彼はレースが終わったあと、もう一度ドクターのところに行っていた。

「それほど悪くない。別にまだ走れる」

彼は明日も痛み止めを飲んで走るのだろう。あと三日走れば最初の休養日だが、それまでにピレネーの山を越えなければならない。楽なコースではない。

ぼくは彼に背を向けて、ベッドに腰を下ろした。顔を見て喋《しゃべ》ると、口籠《くちご》もってしまうような気がした。

「日本に、尊敬している選手がいたんです」

見えないが、ミッコがこちらを向いた気配が伝わってくる。ぼくが唐突な話をはじめたことに驚いたのだろう。

「レースに対して、とても真摯《しんし》な人で……そしてとても強い人でした。ロードレースをなにより愛していた」

ぼくは膝《ひざ》の上で手を握り合わせた。

「ずっと考えていたんです。あの人だったら、今のぼくの立場になったとき、どうするんだろうって。あの人だったら、ヨーロッパで走り続けるためなら、どんなことでもするかもしれない。いや、するはずです」

深く息を吐く。彼のことを思い出すのはまだつらい。

「だから、どうしても考えが決まらなかった。でも、気づきました。ぼくは彼ではない」

自然に振り返って、ミッコの顔を見ていた。

「ぼくは、あなたをアシストします。そのために日本に帰ることになっても、それはそれで仕方がない。ニコラのアシストはしない。ぼくはあなたのアシストだ」

ミッコが身体《からだ》を起こした。低い声で尋ねる。

「いいのか」

「そう決めたんです。そして、決めたとたんに急に楽になった。だから、間違ってい

ると は思いません」

彼が少しだけ笑みを浮かべた。そして言う。

「ピレネーでは頼むぞ」

第五章　ピレネー

目が覚めて思った。身体《からだ》が重い。寝返りを打つと身体がみしみしと鳴った。

時計を引き寄せて時間を見る。あと一時間くらいは眠れることを確認して、もう一度ベッドに倒れ込んだ。

マットのスプリングに身体が沈み込んでいく気がした。きちんと眠ったはずなのに、指を動かすことすらおっくうだ。

疲れているのだ。昨日は総合成績に変動のない平坦《へいたん》ステージで、特に無茶をするようなこともなかった。だが、この七日間で少しずつ身体の隅々に、疲労は蓄積されている。それが無視できないところまできている。

あと二日間走ればやっと休養日がやってくる。今回の休養日は移動もないし、一日ゆっくりと休むことができる。それまでの辛抱だ。そう自分に言い聞かせる。

だが、今日はとうとうピレネーに入る。今日明日は苦しく長い日になるだろう。

気を抜くことはできない。山でミッコのアシストをするために、自分はここにいるのだ。タイムトライアルの日、彼にああ言った以上、情けない姿は見せられない。

昨日、アレックスがリタイアをした。九人いたチームメイトがひとり減る。風邪をひいて熱があるということだったが、アレックスはすでに来年の契約を決めている。この先、きつくなるピレネーを走るモチベーションを失ってしまったのだろう。

アレックスだけではない。何人かのスプリンターは、最初の一週間でツールを去る。きつい山を越えてまで、この先の勝利を目指すよりも、さっさと気持ちを切り替えて、別のレースに挑戦した方がいいと割り切っているのだ。

この点、スプリンターたちはひどくドライだ。勝てるステージだけをさっさと取ると、ツールを去っていく。もちろん、パリまで走りきって、ポイント賞のマイヨ・ベールを狙《ねら》う者たちもたくさんいるが、総合優勝を狙う者たちのように、ひとつのミスも許されないという戦い方ではない。

もちろん、その分ゴール前の戦いの熾烈《しれつ》さは、クライマーにはわからない。スプリンターは一瞬の勝負に賭《か》け、クライマーは先の見えない長い道を行く。脚質の違いは、そのまま戦い方の違いになる。

そんなことを考えていると、次第に眠気が身体から抜けていく。

ぼくはゆっくりと起き上がった。

隣のベッドでは、ミッコがベッドスプレッドを頭までかぶって眠っている。かすかないびきが聞こえた。

彼も疲労を感じているのだろうか。

だとしても、それを表に出すようなことはないだろう。

スタート地点はバイヨンヌという町だった。

アキテーヌ州の主要都市。近くのビアリッツは高級リゾート地として有名で、この時期はフランス中から人が押し寄せるが、そんなときでも、バイヨンヌという町はあくまでも普段着のたたずまいを変えない。

スペインとの国境に近いせいもあり、レストランのメニューもスペイン語で記されていたり、スペイン語の会話が聞こえてくることもある。スペインが長かったぼくには、心が安まる町だった。

ここを出て、ピレネーに入って、スペインとの国境を越える。明後日《あさって》の休養日はイルルスンというスペインの町で過ごし、その後またフランスに戻る。

ぼくが住んでいたのはカタルーニャ州だから、バスク地方とはさほど離れていない。文化などは違うが、それでも懐《なつ》かしいスペインを走れると思うと、少し疲労が紛れる気がした。

朝食後、チームバスの中でミーティングをした。

監督がくる前に、バスに備え付けてあるマシンでエスプレッソを淹《い》れた。そういえば、日本ではドリップコーヒーばかりでエスプレッソなど飲んだことがなかった。たまに格好をつけて飲んでみても、苦いだけでさほどおいしいとは感じなかったのに、今ではこちらの味にすっかり慣れてしまっている。

砂糖をたっぷり入れて、一口で飲み干すと身体の中に熱い火が点《とも》るような気がする。

ジュリアンはカフェ・クレーム《ミルク入りコーヒー》を手にぼくの隣に座った。

「休養日まであと二日か……」

彼も休養日が待ち遠しいらしい。

今日は土曜日。第一ステージは先週の土曜日だったから、ちょうど一週間になる。ツールも三分の一が終わり、これから本格的な山岳ステージに入る。

たった一週間なのに、ずいぶんいろんなことがあったような気がする。

覚悟を決めたからもう迷いはない。だがミッコの心中を思うと、気持ちは晴れやかとは言えない。

苦手な山岳ステージ。たとえ不安要素がなにもなくても、気が重いだろう。しかもこんな状況では、レースに集中することは難しい。

当のミッコは、シートに身を預けて目を閉じている。眠っているのではなく、集中しているように見えた。

チームバスに監督が乗ってきた。ぼくはカップを置いてシートに座り直した。ミーティングが始まる。

マルセルは選手たちの顔をぐるりと見回した。

「とうとう山岳ステージだ。気を引き締めて行け」

みんな頷《うなず》くが、緊迫感はない。チームの目標自体が混沌《こんとん》としているのだから当然だ。マイヨ・ジョーヌのニコラと二位のミッコ、どちらをアシストすればいいのかがわからない。

監督はミーティングではニコラの名前を出さない。そのせいでよけいに本音と建て前が交錯してしまっている。

ミッコをアシストするなら、ニコラを蹴《け》落とさなければならない。ニコラをアシストするなら、ミッコとの差を広げなければならない。両立させることはできないのだ。

コースの説明を済ませたあと、マルセルはぼくの方を見た。

「チカ、今日逃げられるか？」

「え……？」

いきなり話を振られて戸惑う。監督はゆっくりと繰り返した。

「今日ははじめての超級山岳があるから、かならず逃げグループが形成される。それに参加しろ。総合上位を脅《おびや》かしそうな奴《やつ》がいればマークし、最後の一級山岳に備えろ」

「わかりました」

ぼくは頷いた。

山岳ステージで逃げるメリットはふたつある。ひとつは逃げグループに選手を送り込んだチームは、プロトンで先頭交代に加わる必要がなくなり、体力を温存できる。これは平坦ステージと同じだ。そして、もうひとつ、山岳ステージゆえのメリットは、もし、後方でエースをアシストする選手がいなくなったとき、前を走っている選手が下がってアシストに加わることができるということだ。

山岳では、一度遅れた選手がもう一度集団に追いつくことはかなり難しい。レース展開によっては、集団でエースがたったひとりになってしまうときがある。そんなとき、前に選手を送り込んでいれば柔軟な対応ができる。

逃げて勝てる可能性は低いが、逃げに選手を送り込むことで、チームには打つ手が増える。

ぼくはあらためてコースプロフィールを確認した。

最初は二級山岳、それから超級、最後に一級と三つの山を越えることになる。今日は上りゴールではなく、山を下ってからのゴールになるが、最後の一級は総合上位陣たちの戦いになるだろう。早いうちに逃げを決めてしまわなければならない。

ぼくは窓の外に目をやった。抜けるような青空だ。

間違いなく、今日は暑い日になる。


スタートのフラッグが振られた。

ゆっくり走っていた集団のスピードが上がる。ぼくも乗り遅れないように、少しずつ前に進んだ。

逃げが成功するためには、ある程度の人数があったほうがいい。だれかがアタックしたときにすぐに反応できるようにしなければならない。

集団前方に、マイヨ・ジョーヌを着たニコラの姿を見つけた。昨日は、いつもと同じパンツだったが、今日はマイヨ・ジョーヌに合わせて黄色いレーサーパンツを身につけている。そのほうがいい。クレディ・ブルターニュの黒と紫のチームカラーは、マイヨ・ジョーヌとは合わない。スポンサーが用意したのか、今日はヘルメットまで黄色だった。

昨日も今日も、フランスの新聞はニコラの話題で持ちきりだ。プロデビューから間もないフランス期待の星が、マイヨ・ジョーヌを着た。この勢いはどこまで続くのか、シャンゼリゼで表彰台にあがることができるのか。関係者たちも寄ると触るとニコラの噂《うわさ》ばかりをしている。

まだ第八ステージだから、冷静に考えてマイヨ・ジョーヌを最後まで守りきるということは難しい。マイヨ・ジョーヌを持つチームは、レースをコントロールする義務を負う。先頭で速度を上げ、力を使ううちに、アシストたちが消耗していく。一度手放して、様子を見るのが得策だ。

もっとも、ニコラがパリでのマイヨ・ジョーヌを目指していないのなら話は別だ。この場合はなるべく長く、マイヨ・ジョーヌを守ることが目標になる。

フランスのメディアは、もちろんニコラの総合優勝を期待している。だが、ニコラ自身はどう考えているのだろう。

ぼくはそんなことを思いながら、前を走るニコラの背中を見つめた。たぶん、あの黄色いジャージにぼくは手を触れることもなく、選手生活を終えるだろう。ほとんどの自転車選手がそうだ。

限られた者だけが手に入れることのできるジャージ。それを目指して、戦うことができることですら幸運だ。

あれをミッコに取らせたい。彼の金髪に、黄色いジャージはよく似合うはずだ。

そんなことを考えていると、横をバンク・ペイ・バのジャージが通り抜けた。ふわり、と当たり前のように飛び出していく。

キレのないアタックだったが、ぼくも合わせて飛び出す。アンダーセンのリタイアのせいで、バンク・ペイ・バはステージ優勝のみに照準を絞っている。アタックするからには本気で逃げるだろう。

五人ほどの逃げ集団が形成された。プロトンは容認するつもりなのか、追ってこない。

ぼくは一緒に逃げたメンバーを確認した。

総合優勝に絡《から》んでくるような怖い選手はいない。目立つために飛び出したのか、若いスプリンターまでいる。中に黒と紫のジャージを見つけて、ぼくは顔を確認した。

日本人よりももっと黒の濃い髪、浅黒い肌、ドニ・ローランだった。ドニもぼくに気づいて横に並ぶ。

「チカ、だったな」

「ああ、そうだ。よろしく、ドニ」

ごつごつとした岩のような顔立ちは、二枚目というのにはほど遠いが、そのぶん一度見たら忘れられないような強い印象を与える。

しばらく並んで走る。ドニはぼくに話しかけてきた。ニコラと一緒のとき、挨拶《あいさつ》くらいは交わしたが、ちゃんと話をするのははじめてだ。

「たしかあんたもツールは初出場だったな。ピレネーは？」

「スペインのチームで二年走ったからね。練習場所にしていたよ」

「きみは？　スペイン系のように見えるけど」

そう言うと、ドニは驚いた顔になった。

彼の髪と肌は、生粋のフランス人のものではない。ドニは首を横に振った。

「両親はアルジェリアからの移民だ」

「ああ、なるほど」

ドニは目を細めて笑った。

「俺はピレネーを走るのははじめてだ。でもスペインにはバカンスで行ったことがある。スペインの女は美人揃《ぞろ》いだ。そう思わないか？」

「ああ、きれいな人が多いね」

たしかにスペインには美女が多い。だが、彼女らの美貌《びぼう》は生命力で満ちあふれていて、気弱な日本人としては怖《お》じ気《け》づくことしかできなかった。

それでもブエルタ・ア・エスパーニャの表彰台に立つ、眩《まぶ》しいようなポディウムガールたちを見て、彼女たちから祝福のキスをもらえれば、どんなに心が浮き立つだろうと思ったことがある。残念ながら、その望みは簡単に叶《かな》いそうもないが。

無口だと思っていたドニは、意外に饒舌《じょうぜつ》だった。

「あんたはクライマーか？」

そう尋ねられて、ぼくは少し迷った。

「少なくともスプリンターや、タイムトライアルのスペシャリストではないよ。山は好きだ」

自分をクライマーだと言い切れないのは、本当のクライマーを知っているからかもしれない。ぼくの心を捉《とら》え続ける、日本にいたころの先輩もそうだし、今年の優勝候補で言えば、モッテルリーニやカンピオンは間違いなくクライマーだ。彼らと自分を並べることなどできない。

「ドニも山は得意なんだろう？」

「なぜ知ってる」

「ニコラから聞いたよ」

前を走っていた選手がこちらをちらりと見た。先頭交代に加わることを忘れていた。

ぼくは速度を上げて前へ出た。

審判のバイクがタイム差を書いた黒板を持って、横に並ぶ。三分五十秒差。あっという間にあいだが空いた。

ドニも逃げているから、たぶんプロトンではクレディ・ブルターニュも先頭を引くのをやめて、足を休めているのだろう。積極的に今日のレースを取りに行こうとするチームがなければタイム差は開くばかりだ。

うまくいけば、今日はステージ優勝のチャンスかもしれない。ぼくはそんなことを考えた。

チャンスと言っても、可能性は低い。五人の争いになっても単純に考えて二十パーセント。今日は下ったあと、十キロほどフラットな道を行ってからのゴールになる。

五人で行ってスプリント勝負になれば、ぼくが勝つ可能性はずっと低くなる。スプリンターもいるし、ドニもスプリント力はあるとニコラは言っていた。

ぼくに有利な展開にするには、最後の一級の上りで逃げるか、もしくは下りで引き離すか。

周囲の選手を確認する。だいたいはルーラータイプの逃げを得意としている選手だから、登坂力《とうはん》では勝てるかもしれない。だがここでもドニの存在が気にかかる。彼の実力はどの程度のものだろうか。ニコラは自分と同じくらい強いというようなことを言っていた。

もっともこの五人の争いになる可能性も、決して高くはない。プロトンは、コンピューターのような緻密《ちみつ》な計算で、ぼくたちとの距離を計っている。今、十分以上の差をつけることができたとしても、ゴール前までにはぼくたちを呑《の》み込もうとしてくるだろう。

無線機器のおかげで、逃げ集団をつかまえることは簡単になった。それがレースをつまらなくしているという批判もあるが、もう無線のないレースなど考えられないだろう。

そんなことを考えていると、無線からマルセルの声が聞こえてきた。

「チカ、うまくいったな。もう四分半の差がついたぞ」

ただでさえ得意ではないフランス語が、無線を通すとよけいに聞き取りづらい。ぼくは少し後ろに下がって無線に集中した。

「プロトンの動きはどうですか？」

「あまり積極的に動こうとするチームはいない。もしかすると逃げ切れるかもしれないぞ」

「クレディ・ブルターニュはマイヨ・ジョーヌを手放すつもりでしょうか」

もし、ここで手放せば、明日以降チームをコントロールする必要はなくなる。うちのチームならたぶん手放す。

「それは微妙だ。逃げ集団の中で、いちばん順位が上なのはドニ・ローランだ」

つまり、この逃げ集団を先に行かせても、ドニがマイヨ・ジョーヌを取ることになり、クレディ・ブルターニュがチームをコントロールしなければならないことには変わりはない。

「タイム差は？」

「ドニはトップのニコラから四分十二秒遅れだ。あとの選手は五分以上の差がある」

ぼくは四日目のアクシデントのせいで八分以上遅れていた。

つまりこの集団が四分十二秒以上早くゴールに入れば、マイヨ・ジョーヌはドニの手に渡ることになる。よく考えれば、すでに四分半の差がついているから、今の時点では彼が暫定《ざんてい》のマイヨ・ジョーヌということになる。

もちろんゴールに入らなければ、それはなんの意味もない。だが少し羨《うらや》ましいと思った。一瞬でもそんな夢が見られるのなら見てみたい。

「ともかく、もしかするとおまえにもステージ優勝のチャンスがあるかもしれないぞ」

監督はそう言って無線を切った。ぼくは前のほうに戻ってまたドニと並ぶ。

「今、暫定のマイヨ・ジョーヌらしいな。すごいじゃないか」

ドニはたいしておもしろくもなさそうな顔で頷《うなず》いた。

「たぶんゴールまでに詰められる」

「集団より早く逃げればいい」

そんなにうまくはいかないことはぼくもわかっている。二百人近い大集団と五人の逃げ集団では、圧倒的に大集団のほうが有利なのだ。だが逃げが成功するステージだって、かならず何度かはある。今日がそうでないとは言えない。

ぼくだって、ミッコにトラブルさえなければ逃げ切って勝ちたい。

もしステージ優勝ができれば、来年以降の契約を取るのも難しくなくなる。自転車選手としての人生が一変すると言ってもいい。そうなれば、このあと迷うことなくミッコのアシストに集中できる。

二級山岳の山頂が近づいてくる。ぼくは意識を集中した。せっかく逃げが成功したのだから、山岳ポイントを取っておきたい。ここの二級、次の超級、そして最後の一級のポイントを取れば今日の山岳賞は確定だ。

山頂のゲートが見えてくる。今まで協調していた仲間がライバルに変わる。ひとりの選手が最初に飛び出し、ほかの選手が追う。

ゲートをくぐる。あと少しでトップには届かなかった。ぼくは三位だった。

だが、少しはポイントが取れた。超級のポイントは大きいから、次で一位を取ればいい。

下りに入る。一緒に下っているうちにわかった。このメンバーの中で下りの得意な選手はいない。ドニもぼくがじれったくなるほどゆっくり下っている。充分先に行って引き離せそうだが、今ひとりになって最後まで逃げるのは難しいだろう。

だが、次の超級山岳を越えたあとなら。

超級の下りは長く、その分距離を稼げる。その次の一級山岳もクライマーがドニしかいないのなら追いつかれずに逃げ切れるかもしれない。

血が熱くなりかけたが、すぐに気がつく。

今日もし、そんなことをして体力を使ってしまえば、明日以降、もしミッコにトラブルがあったとき、アシストとして充分な働きができるのだろうか。ただでさえ、疲労は蓄積している。

普段ならば、ほかのアシストにまかせて限られたチャンスをつかみに行くことができるが、今回のツールではほかのチームメイトがどれだけ当てにできるのかわからない。

下り終えると、少し平坦《へいたん》な道が続く。補給地点でサコッシュと呼ばれる布袋を受け取る。中にはサンドイッチやクッキー、エナジーバーなどの補給食が入っている。必要なものだけをポケットに入れて、あとは道路脇《わき》にいる観客に投げる。

フランボワーズのジャムを挟んだサンドイッチを囓《かじ》る。腹が減っているとか減っていないとかは関係ない。欲しくなくても食べる。

しばらく行くと超級山岳が見えてきた。気持ちを引き締める。

ふと思いついた。ドニとふたりで逃げたらどうだろう。ひとりで逃げるよりもずっと楽だし、ドニがマイヨ・ジョーヌ、ぼくがステージ優勝と成果を分け合うこともできる。

だが、すぐに気づく。このまま五人で逃げても、マイヨ・ジョーヌはドニの手に入る。五人で走る方が楽だから、ドニにはメリットがない。

超級山岳に入る。タイム差は六分になっていた。ペダルに重い抵抗が生まれる。さっきまでの二級山岳とは違う、本当の山に入ったという証《あかし》だった。だがその重さを喜びとして感じている自分がいることに気づく。

山では空気抵抗が薄れるから、集団で走る意味も少なくなる。自分と山との真っ向勝負になるのだ。

見れば、隣を走るドニの目にも輝きが生まれている。この男も間違いなくクライマーだ。

だが残りの三人は少しずつ遅れていく。あきらかに息が荒くなり、先頭にも出なくなる。

半ばを超えるころには、スプリンターのひとりは脱落していた。残りのふたりもすっかり疲れ切っているのがわかった。

いつの間にか、ドニが横にきていた。小さな声で言う。

「振り切ろう。こいつら足手まといだ」

もちろん、ぼくには異存はない。

「OK」

そう答えると同時にドニは飛び出した。ぼくも後に続く。

もともと疲れ果てているふたりを振り切るのは、なんの苦労もなかった。

ドニとふたりになり、スピードが上がったのに、身体《からだ》は楽になっている。平坦は人数が多い方がいいが、山岳では一概にそうとは言えない。ペースの合わない五人で走るよりも、ペースの合うふたりのほうが走りやすい。

ドニとはなんとなく息が合う気がした。

山頂が見えてくる。ヘビーな超級山岳が終わりに近づく。ドニが速度を上げた。山岳ポイントを取るつもりなのだ。ぼくもペダルに力を込めたが追いつかない。

ドニが取った。ぼくは二位に終わる。

山頂で待っていたスタッフから上着を受け取って、走りながら着る。今度の下りは長いから、身体が冷えないようにしなければならない。ドニは新聞紙をジャージの中に入れていた。

ドニはやはり下りが下手だった。ブレーキをかけながらおそるおそる下る。後ろのふたりとは三分近い差がついているから追いつかれることはないだろうが、やはりもどかしい。

どうせ、すぐに追いついてくるだろう。ぼくは自分のペースで下ることにした。身体を小さく丸めて風に乗ると、すぐに速度が上がる。時速九十キロ近いスピードが出た。

集団のいちばん前にいる。そのことがたまらなく気持ちいい。

カメラバイクがぼくだけの姿を撮ろうとしている。

別にテレビに出たいと思っているわけではないが、テレビに映ることも選手の大事な仕事のひとつだ。スポンサー名のあるジャージを画面に映してアピールする。来年には消えてなくなるチームだが、少なくとも今ぼくは、このジャージを着て走っている。

無線からマルセルのはしゃいだような声が聞こえてきた。

「いいぞ、チカ！ そのまま行け！」

「集団とのタイム差は？」

「五分だ。逃げ切れるかもしれないぞ！」

残りは三十キロもない。平坦なコースでは、一分のタイム差を縮めるのには十キロ必要だと言われている。だから平坦なら充分可能性はある。

だが、この先にはまだ一級山岳がそびえているのだ。山岳ではその計算は意味を成さない。勾配《こうばい》やかかる時間によってまったく変わってくる。

下り終えて一級山岳に入った。さすがにひとりになるときつい。

ドニは追いついてこないのだろうか。監督に尋ねてみた。

「ドニはどのくらい後ろにいますか?」

その答えによっては待ったほうがいいかもしれない。返ってきた答えは意外なものだった。

「ローランは三分後ろだ。待たずにそのまま行け」

「三分? 落車でもしたんですか?」

下りでは差がつきにくい。いくらドニが下りが下手でも三分ものタイム差がつくとは考えにくい。

「いや……そんな様子はない」

ならメカトラブルかなにかだろうか。ぼくは首をひねった。

しかし、それならドニのマイヨ・ジョーヌはもうない。集団からぼくまでが五分差で、ドニからぼくまでが三分差なら、集団とドニとのタイム差は二分ということになる。

また今日もニコラがマイヨ・ジョーヌだろうか。ドニに着せてやりたかった、と思うのはニコラへのひがみか、日本人特有の判官贔屓《ほうがんびいき》か。

苦労しながら、ひとりで一級山岳を登り終えた。集団はあと一分差まで迫っていた。最後の山岳ポイントは苦労せずに取れた。マルセルが歓声を上げる。

「チカ！ 今日の山岳賞だぞ！」

「ドニは？」

「ドニは、もう集団の後ろにいる。トータルではおまえのほうが上だ」

息を呑む。なら表彰台に上がれるのだろうか。夢にまで見た、ツール・ド・フランスの表彰台へ。

「まだ、気を抜くなよ。ステージ優勝のチャンスも残っている」

「わかりました」

あとは下りと平坦。集団のほうが圧倒的に有利だ。平坦に入る前に得意な下りでタイム差を稼いでおかなくてはならない。

全身の神経が、むきだしになったように過敏になっている。焦《あせ》ってはいけない。落車でもしてしまえば台無しだ。

時速九十キロの風の中、慎重にハンドルを切る。

勝てるかどうかはわからない。だが、はじめて知った。そのわからないことが希望なのだと。

下り終えて、タイム差を確かめる。一分を切っていた。さすがに集団も本気を出している。

平坦がこのあと十キロ。今ほどフラットなコースが苦手な自分を恨んだことはない。それでも必死で逃げ続けた。もう足ががくがくだ。

集団は容赦なく近づいてくる。二百のチェーンの音が、もうそこまで聞こえてきている。

まだ残り五キロ。振り返るとすぐ後ろに集団がいた。さすがにこれはもう無理だ。

ぼくは力を抜いた。集団がぼくを呑《の》み込んだ。

集団の中に入ると、急に身体が楽になる。空気抵抗がいかに重いかがよくわかる。

軽く肩を叩《たた》かれた。ミッコだった。

「今日は表彰台だな」

忘れかけていた。ステージ優勝はできなくても、今日の山岳賞は取れたのだ。

もしかすると、今日がぼくの人生最良の日かもしれない。

なんだかよくわからないまま、表彰台に上がり、ポディウムガールたちのキスを受けた。ぼうっとしたまま、白地に赤の水玉の山岳賞ジャージに袖《そで》を通した。表彰台を下りるとき、焦って躓《つまず》きそうになった。

もちろん、マイヨ・ジョーヌやステージ優勝ほどの栄光ではない。この山岳賞ジャージ——マイヨ・グランペールを最終日まで守れるわけがないこともわかっている。

それでも、ツール・ド・フランスの表彰台に上がれることなど、一生手にすることのない栄光だと思っていた。

なにより、ぼくがつかみ取ったのがマイヨ・グランペールであることが、ひどくうれしかった。

明日から、自分はクライマーだと自信を持って言える気がした。

第六章 暗雲

まるでもみくちゃにされているようだ、と思った。

携帯電話にはひっきりなしにメールが届く。ジャーナリストにコメントを求められたり、写真を撮られたりもした。スポンサーやファンにプレゼントするために、サインをさせられた。

もちろん、マイヨ・ジョーヌを守ったニコラにくらべれば、十分の一、いや三十分の一程度の忙しさだろう。だが、昨日までぼくは単なる背景に過ぎなかった。唯一《ゆいいつ》の日本人という物珍しさで多少は注目されていたが、それだけだ。

だが、今ぼくは日本人だから注目されているわけではない。山岳賞を取った選手として扱われているのだ。

気分が昂《たか》ぶって、ベッドに入ってからもなかなか眠ることができなかった。

まずいとは思ったが、眠ろうとすればするほど眠気は遠ざかっていくようだった。

結局、明け方に少しうとうとしただけで、朝になってしまった。

ベッドの上に起き上がってためいきをつく。興奮と、幸福感はまだ残っているから、昨日ほど疲れは感じていない。だが、昨日力を使ってしまった上に、ちゃんと休むこともできずに今日走れるのだろうか。

あと一日。たった一日、乗り切れば休養日になる。

一日ゆっくり休めば体力だって回復できる。

ぼくは立ち上がって、カーテンを開けた。窓の外にはピレネーの山々がそびえ立っている。今日一日、ぼくはこの山と戦わなければならない。

昨日は総合成績に変動はなかったが、今日はどうなるかわからない。

休養日前は多少無茶をしてもいいという思いで、勝負に出たがる選手もいるかもしれない。

モッテルリーニやカンピオンなど山岳に強い選手たちは、今まで集団の中で息をひそめている。彼らにとって、山の苦手なミッコを引き離すチャンスであることには間違いない。

ぼくは枕元《まくらもと》に置いた水玉のジャージに目をやった。

守れるものならば守りたい。もう一度ポディウムに立ち、あの目の眩《くら》むような幸福感に浸りたい。

だがそれはあくまでも、レースに波乱がなければの話だ。昨日自由に走らせてもらったのだから、今日はミッコのために走らなければならない。

ぼくは大きく深呼吸をした。身体《からだ》の隅々まで酸素が行き渡る。

自分に言い聞かせた。

大丈夫。まだ走れる。

チームバスの中でミーティングがはじまるのを待つ。

今日のコースプロフィールを受け取って気づく。忘れていた。今日は超級山岳の山頂ゴールなのだ。

山岳コースは、もともと大きな差がつきやすいが、中でも山頂ゴールはクライマーたちの勝負所だ。

昨日のコースのように、山頂を越えたあと下ったり、平坦《へいたん》を走ってからゴールとなると、登りでついた差も埋められるが、山頂ゴールだと登坂《とうはん》力の差がそのままダイレクトにタイム差になる。

だから、クライマーたちは山頂ゴールに燃える。登坂力に自信のない選手は、少しでも傷を浅くするためにあがくしかない。

同時に、今日のゴールが山頂ということは、ぼくが水玉ジャージを守れる確率もほとんどなくなったということでもある。

山頂ゴールでは与えられる山岳ポイントは二倍になる。

つまり、今日優勝した選手は、昨日ぼくが獲得した以上のポイントを獲得するのだ。途中にある二級と一級のポイントを全部一位通過しても届かない。

自然に笑みが浮かんでいた。無理だ、と気づいたとたん、肩の荷がひとつ下りた気がした。

少し頑張ればなんとかなるのならもちろん守りたかったはずなのに、難しいとわかってしまうと少しほっとするのはなぜなのだろう。

たぶん、それこそがエースの器ではない証拠なのかもしれない。つねに勝つことを期待される重圧に耐えてこそ、エースという職業が務まる。

ふいに思った。ミッコがそれと戦っているのはよくわかる。だが、ニコラはどうなのだろう。

それこそ、自転車を乗り回す悪ガキのように、ただ走ることを楽しんでいるように見える。彼がその重さを知るのは、もっと先だろう。

マルセルが、チームバスの中に入ってきた。ぼくを見て言う。

「チカ、人生薔薇《ばら》色か？」

今日、ぼくが身につけているのは赤と白の水玉ジャージだ。これを着て走れる日がもうくるとは思えない。

「まあね、悪くないよ」

そう答えると、バスの中に笑いが広がった。

本当はいつもと違うジャージは晴れがましすぎて、少し居心地が悪い。だが、そんな日本人的なメンタリティを説明するのも難しい。

「悪くない」と口に出してみれば、本当に悪くないような気持ちになるから不思議だ。

マルセルは、後ろの席でグミを齧《かじ》っているミッコに目を向けた。

「今日は今年初めての山頂ゴールだ。モッテルリーニやカンピオンはかならず勝負をかけてくる。絶対に引き離されるな。こちらから勝負に出る必要はない。彼らには一分以上の差をつけている。アタックについていけば、こちらが有利だ」

「了解」

ミッコは気の抜けた声で答えた。

マルセルのアドバイスなどわかりきったことだ。今考えなければならないのは、一位のニコラとどう戦うかだ。

今は三十秒近い差がついている。最後のタイムトライアルまでこの差をキープできれば、逆転は可能だが、山の得意なニコラに少しでも差を広げられてしまうと、それも難しくなる。

ミッコが有利になるタイムトライアルはあと一回しかない。だが、山岳は休養日後にもピレネーが一日、そして後半にアルプスが三日ある。ミッコはそのあいだ、ひたすら耐え続けなければならないのだ。

ギョームがぽつりと言った。

「ニコラはそろそろリーダージャージを手放したがるんじゃないか？」

ぼくははっとして、ギョームのほうを見た。マルセルは軽く肩をすくめただけでそれについてはなにも答えない。

リーダージャージを着た選手がいるチームは、レースをコントロールしなければならない。クレディ・ブルターニュは決して強いチームではない。今、アシストたちが疲労すれば、後半のアルプスでは戦えない。

みんなの視線がマルセルに集まる。マルセルは渋々答えた。

「それはクレディ・ブルターニュの監督でないとわからんよ」

クレディ・ブルターニュのアシストたちが疲弊すれば、パート・ピカルディがニコラのアシストをすることになるのだろうか。そして、そうなればミッコはどうやって戦うのか。

たぶん、ギョームをはじめとするチームメイトたちがいちばん聞きたいのはそこだ。

あのタイムトライアルの日から、ミッコとチームメイトたちにあった重い空気は少しずつ和らいできているような気がする。ミッコを避けるようにしていた選手たちも、自分から積極的にミッコに声をかけたり、傷の手当を手伝ったりするようになっていた。

チームに入りかけていた亀裂《きれつ》が少しずつ修復されていく。

だが、それは限定的なものかもしれない。少なくとも今、ニコラはパート・ピカルディのアシストを必要としていない。

それが必要になったとき、チームメイトたちがどのようにふるまうのか、ぼくにはわからない。

マルセルは話を打ち切るように言った。

「休養日前だからといって気を抜くなよ。落車に気をつけて今日も一日頑張れ」

白地に赤の水玉ジャージはやたらに目立つ。

普段なら人のあいだをすりぬけて、すいすい歩けるのに、やたらに人に呼び止められて前へ進めない。知っている人だけではなく、知らない人や、顔だけはよく見かけるけど、話をしたことはない人まで、ぼくの山岳賞を祝福してくれた。

いつもの三倍ほどの時間をかけてスタート地点に辿《たど》り着き、出走サインをしていると、観客のあいだから歓声が上がった。振り返ると、マイヨ・ジョーヌを着たニコラがちょうど階段をあがってくるところだった。

お世辞にも颯爽《さっそう》としているとは言い難い、ひょこひょこと上下に身体を揺らすような歩き方で、彼はぼくに近づいてきた。

「やあ、チカ。それ、とてもよく似合うよ」

「ああ、ありがとう」

彼はペンを手に取ると、きれいな筆記体でニコラ・ラフォンと署名した。

「ドニは残念だったね」

彼はなにを言われたのかわからないような顔をした。

「昨日、もしかしたら山岳賞はドニだったかもしれない」

ドニが、途中の下りで不可解な遅れ方をしなければ、最後の山岳ポイントも彼が取っていただろう。彼には登坂力だけではなく、スプリント力もある。ポイント争いでぼくが勝てたとは思えない。

ニコラはサイン台の下に目をやった。ドニとほかのチームメイトたちがやってくるのが見える。

「でも、ドニには白の方が似合うから」

さらっとそんなことを言うニコラに驚いた。

たしかに、ドニはマイヨ・ブラン——新人賞の白いジャージを身につけている。

だが、彼は新人賞ではない。二十五歳以下の若い選手の中で、もっとも成績のいい選手に与えられる新人賞のトップはニコラなのだ。ニコラはマイヨ・ジョーヌでもあるから、次点の選手にジャージが譲られているだけだ。

ニコラはまったく悪気のない口調で言った。

「ドニは顔が怖いから、水玉なんて似合わないよ。白がいい」

賞の大きさよりも、ジャージが似合うかどうかしか関心がないようだった。ぼくは少し呆《あき》れて、ニコラののんきな顔を見た。

デビューした年からトップに躍り出た選手には、プロトンの常識など通用しないらしい。

一緒に壇上から降りながら尋ねてみた。

「昨日、ドニはなぜ遅れたの？」

「メカトラだよ。チェーンが外れたのに、近くにチームカーがいなかった」

「それは運が悪かったね」

なるほど、それでドニがなぜ急に遅れたのか理解できた。

ニコラはさらりと言った。

「でも、ドニはきっとそのうち勝つよ。まだチャンスはいくらでもある」

ぼくは頷《うなず》いた。たぶん彼の言う通りなのだろう。

デビューして間もないのに、昨日のドニはほかの選手たちとはまったく違っていた。勝負勘も度胸もある。この先のびることは間違いない。

ふいに思った。彼らが同じチームにいることは、あまりよくないのではないだろうか。

自転車ロードレースという競技のシステム上、同じような脚質で才能のある選手がふたりいると、どちらかが割を食うことになる。

もし、彼らが別々のチームならばドニは新人賞を目指して、ニコラと戦うこともできるが、同じチームにいる以上、ニコラを助けて走るしかない。

もっとも、ドニの才能がたしかなものならば、ほかのチームが放ってはおかないはずだ。

後ろを振り返ると、ドニと目があった。

彼は目を細めて、にっと笑った。昨日、先に行ったことで腹を立てていないかと思ったが、そこまで大人げない男でもないようだ。

たしかにニコラの言う通り、彼の浅黒い肌に白いジャージはよく似合っていた。


フランスの夏と、日本の夏をくらべれば、あきらかにフランスの夏のほうが過ごしやすい。気温は高いが湿度がない分爽《さわ》やかだし、日陰に入ると体感温度は下がる。夜になれば肌寒いほどだ。

チームメイトたちはたまに、「今日は蒸し暑くてやってられない」などと愚痴っているが、日本のあの湿度八十パーセントを超える夏を体験させてやりたいと思う。

だが、フランスの夏にも強敵がいる。それは日差しだ。

たとえば日本ならば、鉄板の上で焼かれるような暑さが続くのはせいぜい午後三時くらいまでだ。四時になれば、直火《じかび》のような太陽はかなり低くなる。五時を過ぎれば、もう夕刻の柔らかい日差しに変わる。

だが、フランスは違う。もともと夏は日本より日が長い。夜の十時くらいまで明るいから、五時、六時になってもまだ太陽はてっぺんにあるのだ。

日本だと、せいぜい三、四時間しか続かない強烈な日差しが、七、八時間も降り注ぐ。じりじりとヘルメット越しに炙《あぶ》られて、脳髄が沸騰《ふっとう》しそうになる。

その日、走り出すと同時にうっすらと曇っていた空が晴れはじめた。快晴に変わる。

まずいな、と思った。気温がかなり高い。あっという間にジャージの背に汗が滲《にじ》む。

日本人だから、蒸し蒸しとした暑さなら、むしろ得意だ。フランスの湿気など、なにも怖くはない。

だが、この永遠に続くような日差しにはスペインにいたときも、ずいぶん悩まされた。体力を消耗するだけではない。熱すぎる日差しは頭痛を呼び起こし、とっさの判断力を奪う。

今まで落車や怪我《けが》をしたのは、いつもこんな日差しの日だった。

ぼくはジャージの前ファスナーを開けた。あまり見てくれはよくないが、そんなことはかまっていられない。通気性がよくなれば、少しは皮膚温度が下がる。

ただでさえ、今日は睡眠不足だ。落車などしないように慎重にいかなければならない。だがネガティブな先入観に囚《とら》われすぎてもいけないのだ。

暑いから悪いことが起こるわけではない。暑さで判断力が落ちるから、よくない結果になるだけだ。気をつけていけば問題ない。

そう自分に言い聞かせながら、ぼくは深く息を吐いた。

スタートから三時間、日差しは本格的に強くなってくる。

すでに二級山岳をふたつ越えた。今日はまだ逃げが決まらない。この先、まだ一級と最後の超級を控えている。今飛び出しても逃げ切れる確率は低い。

ぼくはといえば、次第にひどくなる頭痛に悩まされ続けていた。

まるでヘルメットを上から棍棒《こんぼう》で殴られ続けているような気がする。光が目に痛い。

何度か、頭からボトルの水をかけたい誘惑にかられたが、それを堪《こら》えた。効果があるのは一瞬で、しかもボトルの準備は無限にあるわけではない。勝負に出ているのならともかく、集団の中で水の無駄遣いをするのは憚《はばか》られた。

ミッコも、ひどくつらそうだ。フィンランド生まれの彼は、暑さをもっとも苦手としている。

ボトルゲージにはボトルがひとつしか刺さってない。ぼくは彼に尋ねた。

「水はまだある？」

ミッコは首を横に振った。

「まだあるが、残りは少ない」

「わかった。今のうちにもらってくる」

ちょうど今は平坦《へいたん》だ。上りに入れば、つねに周囲に気を配らなければならない。今のうちにボトルをもらってきた方がいい。

ミッコはにやりと笑った。

「水玉ジャージにボトル運びをさせるなんて、申し訳ないな」

「黄色いライオンをプレゼントしてくれれば、なにも言わないよ」

黄色いライオンのぬいぐるみは、ツール・ド・フランスのマスコットキャラクターだ。毎日、その日のマイヨ・ジョーヌ着用者にプレゼントされる。

なにも知らない人には、ただのどこにでもあるぬいぐるみにしか見えないだろうが、ある意味、世界一貴重なぬいぐるみかもしれない。

ぼくはプロトンから抜け出して、サポートカーのところまで下がった。

マルセルが運転するサポートカーと並んで走る。

「どうだ、調子は？」

マルセルに尋ねられて、ぼくは肩をすくめた。

「暑いのは得意じゃないんだ」

みんなやっていることだが、ジャージの前をはだけて走るのは正直あまり気分のいいものではない。裸になることに躊躇《ちゅうちょ》のないヨーロッパ人ならともかく、日本人は人前で簡単に上半身をさらしたりはしない。

だが、それでも暑さで走れなくなるよりはましだ。

ぼくは、マルセルからボトルを受け取って、ゼッケンの中に詰めた。七本詰めて、まるでひとこぶらくだのような姿になったときだった。

前方で、どよめきが起きた。

集団が割れ、選手たちがペダルを止めた。落車が起こったようだ。

マルセルははっとして、無線でチームメイトたちに呼びかけた。

「どうした。なにが起きた」

無線からノイズが混じったジュリアンの声が聞こえてくる。

「落車だ。チーム・マクベイの選手が怪我をしたみたいだ」

「うちの選手は巻き込まれてないか？」

「大丈夫だ。ミッコも前方にいたから、関係ない」

それを聞いてほっと胸を撫《な》で下ろす。

やはり落車がいちばん怖い。一瞬でこれまでの努力と準備が水の泡になってしまう。

「プロトンに戻ります」

監督にそう言うと、彼は最後のボトルを差し出した。それを受け取るふりをして、監督の腕につかまる。監督がアクセルを踏むと同時に、そのスピードに乗ってペダルを踏んだ。

チームカーを利用するのは一応反則となっているが、やりすぎない限りは、審判も見逃してくれる。このあたりの鷹揚《おうよう》さが、ラテンの国のスポーツだと思う。

サポートカーのあいだを縫って、スピードを上げる。一級山岳の入り口までに戻らなければならない。上りでは前方に追いつくのに、よけいに力を使うことになる。

プロトンの尻尾《しっぽ》が見えた。ふいに違和感を覚えた。ペダルに力を込める。

人数が少ない。胸騒ぎを覚えて、ぼくはマスタード色のジャージを探した。

後方にジュリアンを見つけて、彼に並んだ。ボトルを渡しながら尋ねた。

「ミッコは？」

ジュリアンはサングラス越しにぼくを見た。

「落車のせいで、集団が割れた。前方にいる」

　ぼくは息を呑《の》んだ。

　たぶん、落車は集団中程で起こったのだろう。落車に巻き込まれなかった前方の選手たちはそのまま行き、後方の選手たちが取り残された。

　最悪ではない。最悪のシナリオは、ミッコも後ろに取り残されて、ほかの優勝候補たちに差をつけられるということだ。

　ミッコが前にいるのなら、まだいい。だが、不安はまだある。

　ぼくはジュリアンと別れて、少しずつ前に進んだ。チームメイトたちにボトルを配りながら数を数える。

　全員に配り終わると、ぼくの手元にはボトルが一本残った。

　パート・ピカルディのチームメイトたちはみんな後方にいる。落車によって、ミッコはアシストたちと切り離されてしまった。

　審判のバイクがタイム差の黒板をこちらに向けた。すでにもう前方とは二分以上の差がついている。

　ぼくは集団の顔ぶれを見回した。スプリンターやアシスト選手たちばかりで、総合優勝を狙《ねら》うエースはいない。

まずい展開になった。この集団には、なんとしても前に追いつきたいという強いモチベーションのある選手はいない。今日は制限時間内にゴールできればいいと言いたげな、のんびりとした空気さえ漂っている。

だが、追いつかなければ、前方でミッコが孤立する。最後の山岳で、ミッコをアシストする選手はだれもいない。

監督からはなんの指示もない。ぼくは先頭に出て、ペダルに力を込めた。

前に飛び出すと、急に空気抵抗は重くなる。ぼくは舌打ちをした。

身体《からだ》が思うように動かない。蓄積した疲労が重石《おもし》のように身体にのしかかる。

だれもぼくと一緒に前を引こうとはしない。集団のリラックスしたようなムードは変わらない。

がんがんと太陽が照りつけて、頭痛がひどくなる。ぼくは汗を拭《ぬぐ》った。

ジュリアンがぼくの横に出てきた。

「チカ、もう今日は無理だ」

審判の持つボードに目をやると、差は三分に広がっていた。

強いモチベーションを持つ前方集団と、気の抜けた後方集団。これでは追いつくことは難しい。

あきらめたくはなかった。ミッコが孤立すれば、ライバルたちはここぞとばかりに勝負に出てくるだろう。

なぜ、あのタイミングでボトルを取りに行ってしまったのだろう。ぼくはミッコのそばに常にいるようにしていたから、落車が起きても、彼と同じ集団に残れたはずだ。身体がここまで重くなければ、ひとり集団から飛び出して、前の集団まで進むことも考えただろう。だが、今それをやれば、自滅し、制限時間内にすらゴールできないことにもなりかねない。

ぼくは天を仰いだ。

エースのそばにいられないアシストに、なんの価値があるというのだろう。

結局、その日のステージで、ミッコは十位だった。優勝したのは、去年のツールの勝者、アレジオ・ネーロのモッテルリーニだ。求道《ぐどう》者のような顔をした、無口なイタリア人クライマーで、山岳での粘り強さと、ほとんど飢餓感ともいえる勝利への強い欲望を持つ。間違いなく、今の自転車ロードレース界でのトップ選手のひとりだった。

リザルト上では、ミッコはまだモッテルリーニより上にいる。ミッコが二位で、モッテルリーニが三位。そして、スペイン人クライマーのカンピオンが四位。

だが、一分以上あったタイム差はすでに十秒に縮められた。これからまだ山岳コースが続くことを思えば、決して余裕のある数字ではない。

最終的に、タイムトライアルで取り返せるのは、せいぜい三十秒。だが落車などのアクシデントが起こる可能性もあるから、できる限り引き離しておきたい。

驚いたことに、ニコラは今日もマイヨ・ジョーヌを守った。

モッテルリーニに続いて、ステージ二位でゴールに飛び込んだのだ。

ぼくの山岳ジャージは、モッテルリーニの手に渡った。なんの不満もない。彼こそ真のクライマーであり、山岳ジャージにふさわしい男だ。

だが彼は山岳ジャージなど狙っていない。モッテルリーニの目標はニコラの着ているマイヨ・ジョーヌだ。

たぶん、これから戦いはより過酷になる。

あと二週間、たったひとつの失策も許されない。ライバルたちは全身全霊を込めて、互いを蹴《け》落とそうとするだろう。

その日、ホテルに入るとぼくはミッコに頭を下げた。

「すいませんでした」

ぼくの仕草がおかしかったのか、ミッコは笑った。

「気にするな。運が悪かった。そういう日もある」

そう言うが、彼の顔には今までいちばん強い疲労感が滲《にじ》んでいる。苦しい日だったのだろう。

ぼくも早くベッドに倒れ込んでしまいたいほど疲れ切っていた。ひさしぶりにスペインに戻ってきたのに、バルで一杯やりたいとも思えない。

だが、まだ道のりはたった三分の一。これからまた戦いは続くのだ。

ミッコがふいにつぶやいた。

「あいつ、本物だな」

それがだれのことを指すのかは、聞かなくてもわかる。ニコラだ。

マイヨ・ジョーヌを手にしたのは、四日目の逃げのおかげだが、山岳ステージを二日間終えてもそれを守っている。まぐれではありえない。

彼の勢いはどこまで続くのだろう。

翌朝、ぼくはいつもより遅く目を覚ました。

ぐっすり眠ったせいか、昨日までの血が滞ったような疲労は姿を消していた。たぶん、今日は戦わなくてもいいという解放感が、疲れを押し流すのだろう。

バスルームから物音がする。ミッコはもう起きているらしい。ぼくもベッドから起き上がって、カーテンを開けた。

薄い雲がかかっているが、雨が降りそうな様子もない。

休養日といっても、まったく仕事がないわけではない。午後から夕方まで、ミッコは記者会見やインタビューに追われることになるし、ぼくにも三件ほど取材が入っている。

まったく走らないのも明日に差し障《さわ》る。午前中に少し走ってこようと思ったとき、部屋の電話が鳴った。

手を伸ばして受話器を取る。

「セニョール・シライシ？」

懐《なつ》かしいスペイン語の響き。スペイン語で返事をしたつもりなのに、口から出たのはフランス語だった。母国語ではないことばを操るのは難しい。

「そうですが」

「フロントにご面会のお客様がお見えです。日本の女性の方です」

「十分ほどロビーで待ってもらえれば、下りていきます」

「かしこまりました。そうお伝えします」

シャワーを浴び終わったミッコがバスルームから出てきた。

「どうした？」

「いや、お客さんらしい。ちょっと下りてくる」

急いで顔を洗って、髪を整える。サイクルジャージではなく、チームがスポンサー契約をしているスポーツウェアのTシャツとパンツに着替える。レースのあいだは休養日の服すら自分では選べない。

ちょうど十分で部屋を出て、エレベーターで階下に降りた。ロビーのソファに座っていたのは深雪さんだった。身体にまとわりつくような素材のブルーグレーのワンピースがよく似合っている。

「ごめん、待たせて」

彼女はぼくに気づくと、ソファから立ち上がった。

「ううん、こちらこそ、急に呼び出してごめんなさい。でもどうしたらいいのかわからなくて……」

彼女は、ピンクの紙袋をかかえて、なぜか困ったような顔をしていた。飛び抜けて安い服を売っていることで有名な、タチという洋服屋の袋だ。

「実は、昨日、ニコラと会ったの。選手の写真が撮れないかなと思って、クレディ・ブルターニュの泊まっているホテルのロビーで、うろうろしてたら、彼が偶然通りかかった。そしたらいきなりこれを『プレゼントだ』ってくれて……」

彼女はそう言いながら、タチの袋をぼくに差し出す。

「ぼくが見ていいの？」

そう言うと、彼女は大きく頷《うなず》いた。

袋を覗《のぞ》くと、中には黄色いライオンが入っていた。ぼくは目を見張った。ツールのマスコット。その日のマイヨ・ジョーヌ着用者だけがもらえるぬいぐるみだ。お腹《なか》にニコラのサインが入っている。

ぼくはなんと言っていいのかわからずに彼女を見た。深雪さんが困った理由もよくわかる。

彼女は泣きそうな顔で言った。

「もらえないわ。こんな貴重なもの」

単純に考えれば、ニコラはこのぬいぐるみを四つ手に入れている。だが、スタッフやアシストたちもこのライオンは絶対に欲しがるはずだ。ニコラの勝利に尽力した彼らにはその権利がある。簡単に女の子にプレゼントしていいものではない。

念のために尋ねてみる。

「あれから、ニコラと何度か会った？」

ニコラは深雪さんを気に入っていたし、あれからもしふたりがつきあうことになったのならば別だ。恋人にプレゼントするのならおかしい話ではない。

深雪さんは勢いよく首を振った。

「ううん。遠くから見かけて、手を振ったら振り返してくれたことは何度かあったけど、それだけ。昨日までは話もしてない」

ならば、やはり不自然だ。

ぼくは袋を深雪さんに返した。彼女は居心地悪そうにそれをまた胸に抱いた。

「返そうと思ったんだけど、わたしフランス語は喋《しゃべ》れないし、きちんと説明しないとニコラが気を悪くしないかと心配で……」

ぼくは少し考えた。深雪さんの気持ちもよくわかるが、ぼくが受け取って返すのも変な話だ。

「それは深雪さんが持っておいて。ぼくがちょっとニコラに話を聞いてみるよ」

チームメイトやスタッフに欲しがる人がいなかったとか、ニコラがいくつかもらえることになったということなら、深雪さんがもらって悪い理由はない。ニコラが自分でプレゼントしたいと思ったのだから。

もしくはレプリカの可能性だってある。ぼくだって実物を手に取ったことはない。

「ごめんなさい。面倒なことを頼んで」

「いいよ。大したことじゃない。でも、今日は休養日だからニコラは忙しいかもしれない。明日なら、レース中に話ができると思うけど」

休養日に忙しいなんて、矛盾した話だが、フランスの新しいスターであるニコラはジャーナリストたちに追いかけ回されている。ミッコ以上に取材の予定が詰まっているはずだ。

念のため、深雪さんの携帯電話の番号を聞いてから別れた。

彼女を見送ってから、ちょっと思った。あのライオンを抱いてみたかったな、と。

まあいい。ミッコが取ったときに抱かせてもらえればいいのだ。

午前中、ミッコやジュリアンたちと少し走った。

ホテルに帰ると、ミッコの奥さんであるレナや、娘のアンナが待っていた。休養日は選手の家族たちも、各地から集まってくる。

一緒に昼食を摂《と》らないかというミッコの誘いを断り、ひとりでホテルを出た。家族水入らずの貴重な時間を邪魔するほど野暮ではない。

近くのバルで、エスプレッソでも飲むつもりだった。午後からはもう自転車には乗らないから、昼食は無理に摂らなくてもいい。

自転車選手は、食べることも仕事だから、普段は食事を抜くことなどできない。だから、こんなときは胃を休めたくなる。

ふらふらとバルを探して歩いていると、後ろからやってきた髭面《ひげづら》の男が、ぼくの顔を覗きこんだ。

「セニョール・シライシか？ サインをもらえるかな」

四十代くらいのスペイン人だ。ぼくは頷いた。

あの山岳賞ジャージを手に入れた日から、声をかけられる回数は格段に増えた。気恥ずかしいが、悪い気はしない。

ぼくは彼の差し出す手帳を受け取って、漢字でサインをした。手帳を返しても、彼はすぐには去っていこうとしなかった。スペイン人は話し好きだから、こういうことはよくある。

「次の契約はまだ決まっていないんだろう。大変だな」

別に急ぐ理由もない。ぼくは笑って答えた。

「ああ、ツールが終わるまでにどこかに拾ってもらえればいいんだけどね」

「これから山岳ポイントを伸ばしていけば、パリで山岳賞を取れるんじゃないか」

非現実的な彼のことばに、ぼくは苦笑した。

「そう簡単にはいかないよ」

男は、いきなりぼくの腕をつかんだ。思いもかけない力で路地に引っ張り込まれる。なにをするんだ、と声をあげようとしたとき、彼は囁《ささや》くような声で言った。

「実はいい薬がある」

ぼくは息を呑《の》んだ。彼がなにを言おうとしているのかは、すぐにわかった。

「第三世代のEPOだ。検査にも絶対でないし、効果は絶大だ」

ぼくは彼の手を振り払った。

「やめてくれ」

立ち去りかけたぼくの前に、彼は素早く回り込んだ。

「OK、あんたがクリーンなことはよく知っている。だが、この世界じゃ正直者がバカを見るんだ」

ぼくは彼を睨《にら》み付けた。彼は怯《ひる》んだ様子もなく、にやけた顔で言った。

「ニコラ・ラフォンを見ろ。あんなに活躍して、注目を浴びて、しかも検査は陰性だ」

「どういうことだ」

「言わなくてもわかるだろ。そういうことさ」

彼は髭を撫《な》でながら笑った。

「ふざけるな」

衝撃は覚えたが、この男の言うことが本当とは限らない。ただ適当なことを言っているだけだ。

彼は笑うのをやめた。

「じゃあ、はっきり言おう。ニコラが薬をやってることは、みんな知ってる」

「証明できるのか。ニコラに聞いたって、彼は認めないだろう」

「そりゃそうだ。証明はできないよ。検査にも出ない」

彼はぼくの耳に口を近づけて言った。

「でも、だからこそいい薬なんだよ」

虫酸《むしず》が走る。ぼくは彼を押しのけた。

「いいかげんにしろ。これ以上しつこくすると、警察を呼ぶぞ」

彼はにやりと笑った。

「ここはスペインだ。持ってるだけじゃ逮捕されない」

フランスではEPOは所持しているだけで犯罪になるが、スペインでは使わなければ犯罪ではない。

彼はぼくの手に紙片を握らせようとした。

「まあ、必要ないならいいさ。連絡先だけでもとっておけよ」

「いらない」

振り払った紙片は、そのまま地面に落ちた。

彼は、鼻で笑った。

「そうやって、自分だけが満足していればいい。だが、おまえの名は歴史に残らない。クリーンでなくてもニコラの名は残る。そういうことだ」

ぼくは彼の横をすりぬけて、路地を出た。

彼はそれ以上追ってこようとはしなかった。

あの男の言ったことには証拠などないし、ニコラがそんなことをするとは思えない。だが、あの囁きを聞いてしまったことで、ぼくの中には疑惑が生まれた。聞く前には、どうやっても戻れない。

あのよく笑う、人懐《なつ》っこい青年がそんなことをするはずはないと思いたい。だが一方で、今年デビューしたばかりの選手がそこまで強いなんておかしいと思う自分もいるのだ。

ぼくは額の汗を拭《ぬぐ》った。深呼吸して気持ちを落ち着ける。

彼は何度もドーピング検査を受けているはずだ。ぼくのような無名選手ですら、抜き打ちの検査が月に何度もあるし、ツールがはじまってから、もう三度も検査を受けた。ニコラならもっと受けさせられているだろう。

オフですら、どこにいるかを常に報告させられるし、なにをしていても検査を言い渡されれば、すぐに応じなければならない。まさに四六時中がんじがらめに監視されているのが自転車選手だ。

検査の精度も年々上がってきているという。彼が検査で陰性ならば、それはやっていないのだと判断すべきだ。

あんな男に吹き込まれた話で、ニコラを疑うべきではない。

だが、そう自分に言い聞かせても、動揺はまだ収まらない。二年半、ヨーロッパで走っているが、あんな誘いを受けたのははじめてだった。

なによりも不愉快なのは、その話に乗ってしまう選手の気持ちがよくわかるからだ。どしゃぶりの雨の日も、焼け付くような暑さの日も、毎日百五十キロ以上を走り続ける。それなのに、明日の保障もない。たった一度の怪我《けが》ですべてを失うこともある。才能のある選手は次々出てきて、来年の契約すらなかなか決まらない。チームはもうすぐ消えてなくなる。

一度、プロチームとの契約が途絶えるか、日本に戻るかすれば、もうこのステージには戻れない。

だが、たった一度でもステージ優勝すれば、人生は変わる。名前はツールの歴史に刻まれ、来年の契約にも困らないだろう。

もしも絶対に検査では見つからず、そしてほかの選手もやっているのなら、自分がやってなにが悪いと思ってしまうのもわかるのだ。

ただ、ぼくには強い足枷《あしかせ》がある。

ぼくがここにいるのはぼくだけの力ではない。もしも、そんなものに手を出してまで勝とうとすれば、雷に打たれて死ぬだろう。

ホテルの部屋に戻り、ぼくはシャワーを浴びた。

あの男に触れられた腕が、ひどく汚《けが》れたような気がした。


ミッコが部屋に帰ってきたのは、夜十一時を過ぎてからだった。ひさしぶりの家族との時間を楽しんでいたらしい。

ぼくは十時頃ベッドに入ったものの、なかなか眠れずにぐだぐだしていた。

「ゆっくり休めたか？」

ミッコにそう聞かれて、ぼくは少し口籠《くちご》もった。

「なにかあったのか？」

さっきまでは、自分ひとりの胸に納めておこうと思っていた。だがミッコはぼくよりもずっとキャリアが長いし、ロードレース界の汚い部分だって知っているはずだ。

「売人に声をかけられたよ。はじめてだからちょっとショックだった」

ミッコは表情すら変えずに言った。

「今まで声をかけられたことがなかったのか。その方が驚く」

そう言うからには、ミッコもあんな誘いを受けることがあるのだろう。もちろん知名度も年俸も桁《けた》が違うから、当然かもしれない。

「まあ、日本人は生真面目《きまじめ》な印象があるからな。どうせ、声をかけても無駄だと思っていたんだろう」

彼はパジャマがわりのTシャツと短パンに着替えながら、そんなことを言った。

ぼくはベッドから身体《からだ》を起こして、膝《ひざ》を抱えた。

「ニコラが薬を使っていると、そいつは言っていた」

一瞬、ミッコは動きを止めた。吐き捨てるように言う。

「勝った奴《やつ》は必ずそんな陰口を叩《たた》かれる」

そのことばを聞いて、少し気分が軽くなった気がした。ミッコは苦々しい表情のまま言った。

「それが嘘《うそ》でも本当でも、胸くその悪い話だ。もしニコラが検査で陽性になれば、ツールのダメージはでかい」

スター選手のドーピング事件は、自転車ロードレースのイメージ低下につながる。観客から入場料を徴収しない自転車ロードレースでは、チームやレースの運営はすべてスポンサー料でまかなわれる。

ひとりの選手のドーピングで、チームが潰《つぶ》れてしまうことだってあるのだ。

ニコラは今フランスどころか、世界中から注目されている選手だ。もし、彼が検査で陽性になり捕まることになれば、その影響は計り知れない。

ニコラひとりが処分を受けて済む話ではない。

ミッコは軽く肩をすくめてつぶやいた。

「嘘であることを祈りたいよ。それならあいつが太刀打ちできない才能を持っている方がまだましだ」

第七章 包囲網

翌日、プロトンはあきらかに蘇生《そせい》していた。

二日前に、先頭集団から引き離され、なんとか山を登り終えたときの疲れ切った空気はもう残ってはいない。

たった一日の休暇でも、体力を回復させることに長《た》けた一流選手たちには充分だ。まるでバカンスを終えた後のように、すっきりとした顔をしている者もいる。

昨日まで包帯が巻かれていたミッコの腕も、ガーゼとサージカルテープで軽く保護しているだけになっている。自転車選手たちは驚くほど、傷を治すのが早い。気力なのか、それとも、それも一流選手になる才能のひとつなのか。

ぼくも完全とは言えないが、一昨日《おととい》よりはかなり回復している。

ピレネーはあと一日。今日が終われば、アルプスに入るまでは平坦《へいたん》なステージが続く。平坦ではアクシデントがない限りタイム差がつきにくい。スプリンターや、逃げでステージ優勝を狙《ねら》う選手たちの戦いとなり、総合優勝候補たちはしばらく息をつくだろう。

だからこそ、今日必ず、優勝候補のクライマーたちは動く。マイヨ・ジョーヌのニコラと、二位のミッコを蹴《け》り落とすために。

隣で走るミッコの顔は険しい。さすがのニコラも今日は緊張しているだろう。

昨日聞いたことばは、頭の外へと追いやった。考えはじめればきりがないし、答えが出るわけではない。

ニコラは検査を受けている。それで陰性なのだから、やっていないと判断すべきだ。売人に囁《ささや》かれたことばを、鵜《う》呑《の》みにしてはならない。

流れに乗って走っていると、黄色いジャージが隣に上がってきた。

「やあ、チカ」

相変わらず人懐《なつ》っこい顔で笑うニコラを見て、ぼくは彼に尋ねなければならないことを思い出した。

頭の中で、フランス語を組み立てる。世間話ならば適当でいいが、下手なことを言って誤解を受けたくない。

「ニコラ、昨日、深雪さんに会ったんだ」

「ああ、ミユキは元気なの？　ぼくもこの前会ったけど、慌《あわ》ただしくて話もできなかった」

そう言ってから悪戯《いたずら》っぽくつけくわえる。

「もっとも、ミユキと話すには、英語か日本語が喋《しゃべ》れなければならないんだけどね。こんなことなら、ちゃんと英語を勉強しておけばよかったよ」

ぼくは彼の軽口にはかまわず、話を切り出した。

「ねえ、ニコラ。日本語には遠慮という単語があるんだ」

「エンリョ？」

フランス語に訳すのは難しい。控えめであるとか、気兼ねするという単語はあるが、それがそのまま遠慮というニュアンスを伝えるわけではない。

「たとえば、人になにかをしてもらって、そのことはとてもうれしいけど、自分には分不相応な気がして、その厚意を受け入れられないとか……そういう意味だ」

だが、ことばを重ねても、大切なところはうまく伝わらない気がする。やはり、ことばはメンタリティそのものだ。

やはり、ニコラも不思議そうな顔をしている。

「日本では当たり前のことなんだ。ものをもらったり、人から奢《おご》ってもらったりすると、それがいいものであればあるほど、遠慮する」

ニコラは少し首を傾《かし》げて、やっと思い当たったような顔になった。

「つまり、ミユキはぼくからのプレゼントをエンリョしてると？」

「そういうこと」

「指輪や宝石じゃない。ただのぬいぐるみなのに……」

そのことばにぼくは苦笑した。

「ただの、じゃないだろう」

「じゃあ聞くけど、そのエンリョしている場合、日本人は欲しいの？　欲しくないの？」

「そうだね……。場合によるけど、欲しくないようなものならば、遠慮しない。いや、断るときに、『遠慮する』という言い方をすることもあるけど」

「複雑だな、日本人は」

「フランス人だって、ひねくれた言い方をするだろう」

「まあね」

マルケスが、ぼくとニコラを不思議そうに見ながら追い越していく。ホアン・カンピオン・ロドリゲスを抱えるエスパス・テレコムは間違いなく、今日勝負に出るはずだから、その準備だろう。

ぼくはニコラに尋ねた。

「いいのかい。あのライオンを深雪さんにあげても？　チームメイトやスタッフたちも欲しがっているんじゃないかい？」

「いいんだ。あれはぼくの分だから。もちろんチームメイトたちも欲しがっているし、全員に行き渡るわけではないけど、ひとつはぼくがもらって悪いはずはないだろう」

「だって、ほかにあげる人はいないのかい？　ご両親とか、彼女とか……」

彼は肩をすくめた。

「父はいないし、母もぼくがリセのころに死んだよ」

「ごめん……」

「いいよ。別に謝ることじゃない。彼女だって今はいない」

そう言ってからあわてたようにつけくわえる。

「ミユキのことは好きだけど、だからってすごく特別な意味があるわけじゃないんだ。だって、口説きたくてもことばが通じないし、ぼくが英語を勉強しているうちに、彼女は日本に帰ってしまうだろう」

「そうだね」

「でも、ミユキにプレゼントしたかったんだ。ぼくは必要ないけれどもらえることは名誉だ。権利を人に譲るつもりはない。……話すのが難しいな」

ニコラはことばを選ぶように考え込んだ。童顔の彼がそんな顔をしていると、テストの問題でも解いているようだ。

「いいよ。ゆっくり話して」

「たとえば、ポディウムでもらえるキスみたいだったらいいなと思ったんだ。物はいつまでも残るけど、キスならそのとき一瞬幸せになって、あとはなんにも残らない。ライオンだって、きれいな女の子にプレゼントして、そのとき彼女が喜んでくれたら、それでいいかな、と思ったんだ。ぼくが持ってたって、きっと埃《ほこり》まみれになるだけだ。わかる？」

ぼくは頷《うなず》いた。

「ああ、わかるよ」

「ぼくにはポディウムに立った記憶がある。それで充分だ」

彼はそう言い切って、目を細めて笑った。

たしかにぼくももう知っている。あのポディウムに立ち、観客たちの歓声を浴びた。その目の眩《くら》むような一瞬こそ、得た賞金や手に入れたジャージよりも貴重な宝物だ。

「でも、新しい彼女にプレゼントすることもできるよ」

「それは、そのときに獲《と》るさ。『きみのために獲ったんだ』と言ってね。その方がガールフレンドも喜ぶだろう」

「そうだね」

たぶん、彼にとっては再びマイヨ・ジョーヌに袖《そで》を通すことは、それほど難しいことではないのだろう。そう思えることがひどく羨《うらや》ましい。

ぼくがそのジャージに袖を通すことは、たぶん一生ない。ミッコが獲れば、触らせてもらうことくらいはできるだろうけど。

「だから、エンリョしなくていいって、ミユキに言っておいて。もちろん、迷惑ならば仕方がないけど」

「いや、きっと彼女も喜ぶよ」

ニコラが深雪さんにプレゼントしたいと考えたのなら、返す必要はない。

ニコラは鼻に皺《しわ》を寄せて笑った。

少し考えた。自分は、この前手に入れた山岳賞ジャージを、こんなふうにさらりと女の子にプレゼントすることができるだろうか。

結論はすぐに出た。ぼくには無理だ。

ぼくなら、きっと地獄まで抱えて持って行く。

今日のゴールは、コル・ド・ポーという二級山岳の山頂である。ゴール前の難易度はさほど高くはないが、その前にふたつ一級山岳を越える。

必ず、どこかでレースは動く。総合優勝候補たちの戦いに、ぼくがどこまでついていけるのかはわからないが、ミッコのアシストをするためには簡単に振り切られるわけにはいかない。

少し前に、赤い水玉のジャージが見える。マルコ・モッテルリーニ。イタリア人の陽気な印象からかけ離れた、物静かで険しい顔をした男。背中からさえ、勝利への強い意志が感じられるようで、ぼくは息を呑《の》んだ。

スペイン人のカンピオンとこのモッテルリーニが、もっとも注意すべき選手だ。

そして、もちろんニコラ・ラフォン。彼を追い落とさなければ、ミッコの優勝はありえない。

ニコラの人柄は好きだが、だからといって手心を加えるわけにはいかない。

最初に動き出したのは、カンピオンだった。

ひとつめの一級山岳の中程、たったひとりでアタックをかける。

小柄な背中が飛び出していくと同時に、プロトンに緊張感が走る。優勝争いに絡《から》まない選手のアタックなら見逃すが、カンピオンなら放っておくことはできない。

アレジオ・ネーロのアシストが彼を追う。集団の速度が上がる。

なんとか追いつくことはできたが、プロトンの空気は一変していた。

わかっていたことだが、エスパス・テレコムは今日に勝負をかけている。アタックのタイミングとしてはいささか早いが、それだけ焦《あせ》っているということなのだろう。

ホアン・カンピオン・ロドリゲスは、どちらかというと地味で、その実力のわりに集団の中でも目立たない選手だが、どこか粘っこいようなしつこさがある。派手な勝ち方をするのではなく、じわじわと順位を上げていき、気がつけば必ず総合の上位にいる。そういう選手だ。

まだ、ツール・ド・フランスでの優勝経験はないが、ブエルタでは二度勝利を挙げている。今年はブエルタではなく、ツールでの優勝を狙うと公言している。油断のできない相手だ。

一度、吸収された後、カンピオンはもう動かなかった。やはり、まだ早いと思ったのだろうか。

山頂が近づいてくる。気がつけば、ミッコが隣にいた。

「山岳ポイント、忘れずに取れよ」

言われてはじめて気づいた。

今、ぼくはまだ山岳ポイントで上位につけている。一位のモッテルリーニはディフェンディングチャンピオンだから、わざわざポイントを稼いでまで山岳賞に固執することはしないだろう。地道に稼いでいけば、ぼくにもまだチャンスがある。

山頂が近づくと同時に、ぼくは前に飛び出した。カンピオンの飛び出しと違って、山岳ポイント狙いだということはわかるから、集団は動かない。

だが、だれかが後ろから追ってくるのがわかる。あえて、振り向かずにペダルを踏んだ。

ぼくが山頂のゲートをくぐるのと、ほぼ同時に白いジャージがぼくの横を追い抜いた。

ドニだ。どちらが勝ったのかはわからない。

下りに入りながら、ドニに尋ねた。

「どっちが先だった？」

彼は肩をすくめた。彼もわからなかったようだ。

下りではすぐに集団が追いついてくる。ぼくたちは集団に吸収された。

山岳賞の結果は無線で聞いた。ドニのほうが少し速かったらしい。

たぶん、そこで腹が立つほど悔しいと感じないことが、ぼくの選手としての限界かもしれないと思う。もちろん、山岳賞が欲しくないわけではないが、ぼくには自分の勝利への執着があまりない。

ふいに、ドニが言った。

「東洋人がヨーロッパで走るのは大変だろう」

いきなりそんなことを尋ねられて驚く。

「まあ……ね。でもラッキーだよ」

ここにいるのは僥倖《ぎようこう》とも言えるほどのめぐりあわせだ。それを思えば、苦しいなどとは言ってられない。

「差別もある。白人以外は人間じゃないと思っている奴《やつ》もいる」

ぼくは戸惑いながら彼を見た。

たしかに差別がないとは思わない。買い物など、あからさまに後回しにされることもよくある。だが、すべての人がそうであるわけではないし、ほとんどの人間はむしろ好意的に接してくれている。だから、あまり気にしないようにしている。

ドニの両親はアルジェリアからの移民だと聞いた。かつて植民地だったアフリカの国からの移民は多く、すでにフランス社会に溶け込んでいるように見えていた。だが、やはり彼らも東洋人のような扱いを受けることがあるようだ。

どう答えていいのか迷っているうちに、彼は後ろに下がっていった。

次にカンピオンが動いたのは、ふたつめの一級山岳の入り口だった。道が細くなっている箇所があり、集団が縦長になったとき、脇《わき》からすりぬけるように飛び出したのだ。

まるで示し合わせていたように、モッテルリーニも飛び出す。

あわてて後を追おうとしたが、エスパス・テレコムの選手が前にたくさんいて、動けない。集団の動きを封じ込める作戦だ。

カンピオンとモッテルリーニをふたりで逃がしてしまうのはまずい。力のある者同士が協力すれば、集団を引き離すことができるはずだ。

もちろん、カンピオンとモッテルリーニもライバル同士だから、ゴール前では牽制《けんせい》が入るかもしれないが、この状況では協力して逃げる方を選ぶだろう。

状況を確かめようと、あたりを見回したとき、マスタード色の大柄なジャージが飛び出していくのが見えた。

ミッコだった。

まるでペダルを踏み壊すように強く回しながら、坂道を登っていく。カンピオンたちに追いつくつもりなのだろう。

エスパス・テレコムと、アレジオ・ネーロの選手たちが前方にいるせいで、集団はアタックに反応できない。

あっという間にミッコの背中も見えなくなった。

しばらくして、ミッコがカンピオンたちに追いついたという連絡が無線から聞こえてきた。

カンピオンとモッテルリーニもミッコと協力して行くことを選んだらしい。三人で先頭交代をしつつ、集団との差を広げているという。

山岳では、カンピオンたちの方が力は上だ。最後のゴールで引き離せると睨《にら》んだのだろう。

二位から四位の選手による逃げ。これは間違いなく、ニコラ包囲網だ。

協力してでも、ニコラを首位から引きずり落とすこと。それがカンピオンとモッテルリーニの作戦で、それにミッコが乗った。

クレディ・ブルターニュの選手たちはあきらかに焦っていた。

スピードを上げようとしても、エスパス・テレコムとアレジオ・ネーロが邪魔をしてくる。

ここ数日間、プロトンを引き続けたことで、クレディ・ブルターニュの選手たちは疲弊している。もともと、さほど総合力の強いチームではない。

ニコラは必死で前に上がろうとしていた。いつも、軽やかに走ることを楽しんでいた彼の表情に、あきらかに焦りが生まれていた。

そう、これこそが年季と経験の差だ。

カンピオンたちがもともと打ち合わせていたとは思えない。モッテルリーニとカンピオンは、むしろ不仲が噂《うわさ》されている。

だが、一瞬の判断で、彼らは一緒に飛び出した方がいいと考えたのだ。そして、ミッコもとっさにその逃げを追った。

集団に残れば、ニコラと一緒に振るい落とされる。ならば、飛び出して彼らの作戦に乗るしかない。

若いほど体力はあるはずなのに、自転車ロードレースでは三十代の選手が活躍することが多いのも、経験を重ねて、こういう戦略が瞬時に取れるようになるからだ。

もちろん、あらゆるスポーツにインテリジェンスは必要だ。だが、ロードレースはその中でも戦略が勝敗を大きく分ける。

状況を多角的に判断できる思考と、とっさに最良の手段を選ぶ勘はレースの中で養っていくしかない。若い選手はその点、あきらかに不利なのだ。

前とのタイム差はどんどん開いていく。すでに三分。暫定《ざんてい》では、ミッコがニコラを抜いて一位だ。

普通なら、ゴールまであと三十キロ、山岳をふたつ残した状況での三分差は大した差ではない。だが、逃げているのは優勝候補の三人だ。この三分はまさに命取りと言えるだろう。

ぼくは少し後方で様子を見ていた。

ミッコのアシストをするのなら、エスパス・テレコムたちと一緒に集団の速度を落とすことを考えてもいいが、今の段階で集団のスピードは充分落ちてしまっている。

クレディ・ブルターニュの動きはすでにばらばらだ。

不思議なのは、クレディ・ブルターニュと一緒に前を引こうとするチームが、ひとつもないことだ。

先行して逃げている三人が強豪だから、ステージ優勝を狙《ねら》っているチームも今日はあきらめてしまったのだろうが、それにしたって五位以下の選手で、まだ優勝をあきらめていない者もいるはずだ。

集団はまるで生き物だ。選手ひとりひとりの意志では操れない。

だがそれにしたって、今日のプロトンはあまりにもだらしがない。まるでグルペットだ。

ミッコたちにとってはラッキーな展開だが、やはりどこか妙だ。

焦《じ》れたのか、ニコラが飛び出した。今からでも、前の三人に追いつくつもりなのだろう。

だが、アレジオ・ネーロの選手たちが速度を上げて、ニコラに追いつく。力を落としてゆっくり走っているのだ。彼らはまだ疲れていない。いくらでも力を出すことができる。

完全に、ニコラに逆風が吹いていた。

ふいに思った。フランスのファンたちは、ニコラの勝利を望んでいる。だが、プロトンとしては、デビューしたばかりの若造にマイヨ・ジョーヌを渡したくないのかもしれない。

前の三人との差は四分にもなっていた。このまま、最後まで追いつけなければ、ニコラが総合優勝できる確率は激減するだろう。

もっとも、デビューしたばかりの新人としては、ニコラは充分活躍した。ここで脱落しても、健闘を称《たた》えられこそすれ、責められることはないだろう。

そう考えていたときだった。無線からマルセルの声がした。

「みんな、先頭交代に加われ。速度を上げるんだ」

ぼくは息を呑んだ。

チーム戦略としてはありえない。エースが先行しているのに、集団の速度を上げれば自チームの首を絞めることになる。

思わず、無線に向かって叫んだ。

「ミッコが前にいるのに？」

「追いつく必要はない。だがタイム差が開きすぎだ」

ぼくは唇を噛《か》んだ。これは公平なゲームではない。

パート・ピカルディは、クレディ・ブルターニュのアシストとして働かされようとしている。

利害が一致するならばそれでもいいだろう。だが、今速度を上げれば、必死に戦っているミッコの邪魔をすることになる。

「ぼくは納得できない」

そう言うと、マルセルは「勝手にしろ」とつぶやいた。

ジェラールやサイモンが前に上がっていくのが見える。彼らが先頭交代に加わると、集団の速度が変わった。

ジュリアンも、申し訳なさそうな顔でぼくをちらりと見ると、そのまま前に進んでいく。

ぼくはハンドルを強く握りしめた。これはミッコに対する裏切りだ。

相変わらず、アレジオ・ネーロやエスパス・テレコムが邪魔をしているから、スムーズとは言えないが、前よりも格段にスピードは上がった。

大柄な選手がぼくの隣にきた。元チームメイトのマルケスだ。

「フランス同盟か。愛国者だな」

同じ国の選手や、元チームメイトが組むことはロードレースでは決して珍しくない。

「ぼくは乗らないよ。フランス人じゃないからね」

「ニコラと仲がいいみたいだが？」

「ああ、でもそれとこれは別だ。ぼくはミッコのアシストだ」

マルケスは笑いながら、ぼくの背中を叩《たた》いた。

「おまえは変わらないな」

そう言った後、彫りの深い顔から笑いが消えた。

「知ってるか。ニコラがEPOをやっているという噂がある」

ぼくは眉間《みけん》に皺《しわ》を寄せた。

「耳にしたことはある。でも、本当かどうかはわからない。検査はすべて陰性なんだろう」

「そうだな」

そう言ったが、マルケスの目を見ればわかる。彼はその噂を信じている。

それでわかった。集団がなぜ、ニコラに協力しようとしなかったか。ニコラは疑われているのだ。

「チカ。おまえはニコラがクリーンだと思うか？」

そうマルケスに問われて、ぼくは返事に困る。はっきりとそう言えるほど彼のことを知っているわけではない。

「わからないよ。ぼくは検査官じゃない。ただ噂を鵜呑《うの》みにはしたくないだけだ」

前の三人とのタイム差は三分を切っていた。審判の手にするボードを見たマルケスは顔をしかめた。

「ああ、おしゃべりしている場合じゃない。仕事しないとな」

彼はそう言って、前に進んでいった。

ぼくは前方で走る、黄色いジャージを見つめた。

ニコラは噂のことを知っているのだろうか。


その日の優勝はカンピオンだった。五秒ほど遅れてモッテルリーニ、そしてそこから十秒遅れて、ミッコがゴールした。

総合優勝は僅差《きんさ》でモッテルリーニ。そしてカンピオン、ミッコと続く。一位から三位までは二十秒ほどしか離れていない。まさに接戦だ。

そして、ニコラはこの三人から二分近く遅れた。総合優勝争いで失った二分は大きい。ニコラの総合優勝という可能性は、一気に遠ざかった。

たった一日ですべてが台無しになる。三週間のグラン・ツールを戦い抜くというのはそういうことだ。

マルセルは、その日、ぼくをあからさまに無視した。

彼も苛立《いらだ》っているように見えた。カンピオンとモッテルリーニは、経験を積んでいるだけあって手堅い。ミスを待つという形では、ニコラは勝てない。

ニコラが表彰台に上らなければ、パート・ピカルディには新しいスポンサーはつかない。自転車ロードレース自体の人気回復が望めないからだ。

マルセルも苦しい立場にいるのだ、と自分を納得させようとしたが、やはり彼の行動はショックだった。

ぼくはまだいい。彼の下で戦いはじめて、たった半年だ。信頼はしているつもりだったがその期間は短い。

だが、ミッコは彼と四年間も一緒にツールの総合優勝を目指して、戦ってきているのだ。その彼の裏切りとしか思えないふるまい。

結果的にニコラは先頭の三人に追いつくことはできなかったが、パート・ピカルディが手を貸すことで、最終的にはミッコが遅れていたかもしれないのだ。

ミッコはあまり感情を顔には出さないが、彼の心境を思うと平静ではいられない。

その夜、シャワーを浴びてベッドに入ると、隣のベッドでストレッチをしていたミッコがぽつりと言った。

「しょせん、俺たちはフランス人じゃないってことだ」

ぼくはなんと答えていいのかわからず、ただ頷《うなず》いた。

ヨーロッパで走り始めてから二年半、異邦人であることはマイナスばかりではない。

異質な存在だからこそ、顔を覚えてもらい、興味を示してもらえることもある。

だが、こんなときは、自分が異質な存在であることが急に苦しくなる。

それでもレースはまだ続く。

ツールはまだ半分しか終わっていないのだ。

ミッコは唇を歪《ゆが》めるようにして笑った。

「マイヨ・ジョーヌは遠いな」

そういえば、彼はツールで表彰台に上ったことはあっても、まだマイヨ・ジョーヌを着たことはないはずだ。

今日、彼は暫定のトップに立った。一瞬届くかと思ったマイヨ・ジョーヌは最後の山岳で彼の手からすり抜けていった。

まだ彼の勝利が難しくなったわけではない。このまま差をキープし続ければ、タイムトライアルで逆転できる。カンピオンもモッテルリーニも、タイムトライアルは得意な方ではない。

「最終的にパリで手に入れればいい」

ぼくのことばに彼は頷いた。

「それでも今日はあれが着られるんじゃないかと、ちょっと思った。駄目だな。油断をすると」

彼は壁を見据えたまま、つぶやいた。

「だが、俺はニコラを羨《うらや》ましいとは思わない。デビューして、はじめてのツールであれを着てしまうなんて、むしろ不運だ」

ミッコが言っていることはよくわかった。

ぼくにとっても、あの黄色いジャージは眩《まぶ》しすぎる夢だ。いつか、たった一日でもそれに手を通すことができたら、と思うと、胸が高鳴る。

山岳賞ジャージですら、身体《からだ》が震えたのだ。天にも昇るような気持ちになるだろう。

それを見上げ続けて、やっとつかんだ者と、あまりにも簡単に手に入れてしまった者と、同じ幸福でもその価値は違いすぎる。

もちろん、マイヨ・ジョーヌを着たからといって夢が終わるわけではない。

途中で着ることができれば、次はパリで着ることを目指せばいい。パリで着れば、次は何回着られるかを目指せばいい。記録というハードルは、クリアしてもまた次がある。

だが、マイヨ・ジョーヌを眩しく思う気持ちは、記録とはまったく別だ。

たぶん、ニコラにはこんな気持ちはわからないだろう。ライオンのぬいぐるみを、あんなに簡単に女の子にあげてしまうのだから。
ぼくは彼の人懐《なつ》っこい笑顔を思い出した。
それとも、彼がそれを知る日はくるのだろうか。

第八章　王者

平坦《へいたん》ステージは四日続いた。三日目の十三ステージまでは、ほとんど総合優勝争いに異変はなかった。スプリンターたちの苛烈《かれつ》な争いが繰り広げられただけだ。マイヨ・ジョーヌはモッテルリーニが守り続けた。アレジオ・ネーロはツールの優勝経験も多い、強いチームだ。集団コントロールも完璧《かんぺき》にこなした。

ニコラは何度か飛び出して逃げようとしたが、アレジオ・ネーロがそれを許すはずはない。

最初に逃げを成功させた第四ステージとは立場がまったく違うのだ。

優勝候補だと思われていなければ、マークされることもない。アタックも見逃してもらえるが、今は違う。もう、ニコラはただの新人選手ではない。徹底的にマークされ、潰《つぶ》される。

ニコラが強い焦燥感を抱いていることはよくわかったが、グランツールの勝者はみなそうやって戦っているのだ。ライバルたちにマークされているのは、ミッコやモッテルリーニ、カンピオンたちも同じだ。

今、ニコラは新人賞のマイヨ・ブランを着て戦っている。その姿を見ると、なぜ新人賞のジャージが白なのか、その理由がよくわかる。

彼の、まだ子供っぽさを残す容貌《ようぼう》に、マイヨ・ブランはよく似合っていた。

彼が集団から飛び出していく姿は、白い鳥が飛び立つようだと思った。だが、その白い鳥の足には、徹底的なマークという鎖がついている。

彼はそれを振り切ろうと、必死にあがいていた。

まだ早い。ぼくは彼の背中に、心で話しかけた。

勝負はもうすぐアルプスに移る。そこでは、集団という鎧《よろい》は壊れ、エースたちの一騎打ちになる。

強い者が勝ち、力のない者は脱落していく。

そこで戦うため、ミッコもカンピオンも、モッテルリーニも、今は集団の中で息をひそめている。

ニコラだけが、焦燥感に急《せ》き立てられるかのように、アタックを繰り返している。

ぼくは思う。その焦《あせ》りこそ、若さというものなのかもしれない。

ツールが訪れるのは、大きな町ばかりではない。ゴール地点が小さな村のときは、宿泊するホテルまで百キロ以上、バスで移動することもある。しかも、周辺にあるホテルも限られているから、ほかのチームと同じホテルになることも多い。

最初、二百人近くいた選手たちも、今は百六十人ほどになっていた。怪我《けが》や体調不良でリタイアする者、制限時間内にゴールできなかった選手が、ツールを去っていく。パート・ピカルディも、アレックスに続いてギョームとピーターがリタイアして、今は六人になっている。九人のときは選手のために五部屋必要だったホテルの部屋も、今は三部屋で充分だ。

もっとも、その六人の気持ちもばらばらだ。チームバスでも、あまり会話が弾まないし、ミーティングも上《うわ》っ面《つら》のことばだけが並べられている。

半年しかこのチームにいないぼくに、そんなことを言う資格はないのかもしれない。だが、どうせチームが消滅してしまうのならば、最後のツールはチーム全員で気持ちをひとつにして戦いたかった。

マルセルがチームを存続させるために必死になっていることはわかるが、チームをばらばらにしたのは彼だ。そう思うと、恨み言のひとつも言いたくなる。

このチームに五年在籍したミッコは、ぼく以上にそう感じているだろう。

十三ステージが終わったあと宿泊したホテルで、ぼくはその思いを強くした。

そのマルセイユの大きなホテルには、パート・ピカルディだけではなく、アレジオ・ネーロが一緒に宿泊していた。

夕食のとき、近くのテーブルで食事するアレジオ・ネーロの選手たちは、まるでひとつの家族のように見えた。

小さな冗談に笑い転げる若い選手たち。エースであるモッテルリーニは、あまり喋《しゃべ》らずにときどき相づちを打つだけだが、レースの最中とはまったく違う穏やかな顔で、彼らの話を聞いていた。

アシストたちは、この求道《ぐどう》者のような王のために働けることを、心から楽しんでいるように見えた。

絶望感がこみ上げる。彼らと戦って、ぼくらのチームが勝てるのだろうか。

こんなことになる前は、パート・ピカルディもあたたかいチームだった。

ミッコは愛想は悪いが、それでも不器用なりに妙な愛嬌《あいきょう》があって、チームのみんなからは愛されていた。フランス語の下手な東洋人であるぼくにも、最初からみんな優しく接してくれた。

以前、走っていたサントス・カンタンも嫌いではなかったが、このチームに移籍できて、よかったと思っていたのだ。

なのに、最大の舞台で、ぼくたちはばらばらになってしまっている。

そのことがひどくつらかった。

時間は決して巻き戻すことはできない。だが、壊れたのがグラスならば、破片を拾い集めることくらいはできる。

絆《きずな》が壊れてしまえば、かわりになにを拾い集めればいいのだろう。

夕食後、部屋でテレビを見ていると、ミッコの携帯電話が鳴った。

電話に出たミッコは珍しく英語を喋っている。家族からの電話ならフィンランド語で喋るから、おや、と思った。

電話を切ると、ミッコは振り返って言った。

「今から、マルコが部屋にくるけど、かまわないか？」

「マルコって……」

「マルコ・モッテルリーニだ」

ミッコと彼が携帯の番号を教えあっているほど親しいとは知らなかった。だが、選手たちは年中レースで顔をつきあわせている。ほかのスポーツと違い、競技中に会話をする時間もたっぷりある。チームに関係なく、気の合う選手とは自然に親しくなる。

「ぼくはかまわないよ。出ていった方がいいかい？」

「いや、そこにいてくれ」

五分も経《た》たないうちに、ドアをノックする音がした。

ミッコがドアを開けると、モッテルリーニが立っていた。

間違いなく、今の自転車ロードレース界でもっとも強く、もっとも高額の年俸を得ている選手のひとり。同じ選手でもぼくにとっては、雲の上の人間だ。

彼はゆっくりと入ってきて、ベッドに腰を下ろした。少し浅黒い肌と、長めの焦《こ》げ茶の巻き毛。深い緑色の瞳《ひとみ》には、陰鬱《いんうつ》そうな色が宿っていた。

彼は口を開くと、前置きもなしに英語でこう言った。

「ニコラ・ラフォンの噂《うわさ》を聞いたか？」

ぼくとミッコは、思わず顔を見合わせた。

「薬をやっている……という話か？」

「そうだ。やはり聞いていたか。だれから聞いた」

ミッコはちらりとぼくを見た。ぼくがミッコの代わりに答える。

「ぼくが話した」

モッテルリーニがぼくの方を向く。見られるだけで強い威圧感を感じる。だが、モッテルリーニは自分からぼくに手を差し出した。

「ツールでただひとりの日本人だな。マルコ・モッテルリーニだ」

モッテルリーニの名前を知らないはずはないのに、わざわざ名乗る彼の生真面目《きまじめ》さに、ぼくは微笑した。

「知ってるよ。ぼくは白石誓」

「シライシ、きみはだれから聞いた」

「スペインで、売人に声をかけられた。その男が言っていた。ニコラは自分の顧客だと」

モッテルリーニの眉間《みけん》のしわが深くなった。

「ずいぶん、口の軽い売人だな」

「ぼくもそう思う。だから本当だとは思わない」

ニコラがドーピングしている。そう囁《ささや》かれれば、気持ちが揺らぐ選手も多いはずだ。薬の力でマイヨ・ジョーヌを身につけて、莫大《ばくだい》な賞金と名誉を手に入れている。なのに検査にも引っかからない。ニコラがやっているのなら、自分もやって悪いはずはない。そう考える選手がいないとは思えない。

「それをだれかに話したか？」

「ミッコにだけね。ほかの人間には話していない」

モッテルリーニはミッコに視線を移す。彼も首を横に振った。

「俺もだれにも話していない」

「じゃあ、噂の出所はほかの選手だな……」

ミッコは壁にもたれたまま、腕を組んだ。

「その売人がほかの選手にも声をかけているだろう。チカだけということは考えにくい」

「なるほど、たしかにそうだな」

モッテルリーニは前屈《まえかが》みになって考え込んだ。

「今日、検査官にかまをかけてみたが、今のところ検査で陽性になった選手はいないようだ。噂が本当ならば、今のうちになんとしてでもリタイアしてもらうしかないが、どうやらデマの可能性が高いようだな」

「リタイア？」

驚いて尋ね返したぼくに、彼は言った。

「ああ、今は検査の精度が上がっている。今まですり抜けても、この先もクリアできるとは限らない。ニコラが、もしドーピングチェックで引っかかると、自転車ロードレース自体がダメージを受ける」

彗星《すいせい》のように現れたスター選手。彼がもし、ドーピングに手を染めていたとすれば、イメージの悪化は計り知れない。ミッコも同じようなことを言っていた。

モッテルリーニは小さく舌打ちをした。

「それにしても、人騒がせな売人だ」

ぼくは、あの髭面《ひげづら》の売人の顔を思い出した。彼の言ったことばが甦《よみがえ》ってくる。

——あんたがクリーンなことはよく知っている。だが、この世界じゃ正直者がバカを見るんだ。

——そうやって、自分だけが満足していればいい。だが、おまえの名は歴史に残らない。クリーンでなくてもニコラの名は残る。そういうことだ。

不快さが胸にこみ上げる。耳からそのことばをえぐり取りたいと思った。

「どうした？」

ぼくのしかめ面に気づいたミッコが問いかけた。

「なんでもない。その売人の顔を思い出していた。そいつは言っていた。おまえの名は歴史には残らないけど、クリーンでなくてもニコラの名は残るってね」

モッテルリーニは間髪を入れずに吐き捨てた。

「馬鹿馬鹿《ばかばか》しい」

彼は暗い目で床を凝視しながら言った。

「何人の選手が、過去の栄光を汚《けが》して消えていったと思うんだ。どれだけの観客を失望させ、悲しませてきたと思うんだ。それが栄光なら、そんな栄光はいらない」

彼は一瞬黙って、もう一度口を開いた。

「俺もやったことがある」

思ってもみなかった彼の告白だった。ぼくとミッコは顔を見合わせた。

「二十四のときに、所属していたチームで、監督からやるように言われた。チームぐるみだった。若造に拒否する権利なんかなかった。今となっては言い訳に過ぎないが」

モッテルリーニは今、三十二歳だ。八年前ならば、今よりもずっと検査は甘く、野放し状態だったはずだ。その頃に起きたドーピング・スキャンダルも多い。

「最初は、パフォーマンスが上がることがうれしかった。だが、ある日、俺と仲のよかった選手が脳出血で倒れた。それで気づいたんだ。俺が飲んでいるのは、ビタミン剤なんかじゃないってな」

ＥＰＯは赤血球を増やす薬だ。増えすぎた赤血球は血の粘度を濃くする。それが血管を詰まらせれば、死に至ることもある。

「今でも夢を見ることがある。検査で陽性になり、なにもかもを失う夢だ。八年経っても、忘れられない」

モッテルリーニはそう言うと、自嘲《じちょう》気味に笑った。

「俺は臆病《おくびょう》者なんだ。危ない橋を渡るのには向いていない」

彼のその選択を臆病と言うのならば、ぼくだって臆病者でいい。

モッテルリーニはゆっくりとベッドから立ち上がった。

「邪魔をしたな。どうやらデマのようでよかった。甘言にそそのかされた選手が、ほかにいないといいんだが」

ミッコも頷《うなず》いた。

「俺もそうであることを祈るよ」

ドアのそばで、モッテルリーニは振り返った。忌々《いまいま》しげに言う。

「なあ、いつまで俺たちはあいつらに食い物にされ続けなければならないんだ？」


どうすればこの連鎖を食い止められるのだろう。

すべての選手がクリーンだと信用できれば、手を汚す選手もいなくなるのだろうか。

それとも、それでも勝てればいいと思う者はいるのだろうか。

いつまでぼくたちは縛り続けられるのだろう。

居場所を常に、報告しなければならず、どんなに忙しいときも、楽しい時間の最中でも、検査官がやってくれば、検査に応じなければならない。

そんなにまでしても、指をさして笑う者もいる。

おまえもどうせ、やっているんだろうと。

この連鎖から解放される日はくるのだろうか。


明け方、まだ暗いうちにぼくは目覚めた。

隣のベッドからはミッコの規則正しいびきが聞こえてくる。もう一度眠る気にもなれずに、ぼくはカーテンを開けて、外を見た。

窓からは、明け方の港が見えた。フランスに住んで半年経つが、この海の男たちの町を訪れるのははじめてだ。あまり治安はよくないと聞くが、まだ薄暗い中、港の灯りを映して揺れる海は、美しかった。

ぼくはしばらく、そうやって海を眺めていた。

そのうちに気づいた。港にぼんやりと佇《たたず》む人影がある。小柄で細いそのシルエットは、ニコラにとても似ていた。

なんとなく気にかかって、ぼくはミッコを起こさないように、キーを持って部屋を出た。

下に降りて、ホテルを出る。夏とはいえ、明け方は肌寒いほどだ。ぼくは身震いしながら、港へと歩いた。

ウインドブレーカーを肩にかけて海を眺めているのは、やはりニコラだった。

「ニコラ?」

声をかけると、彼は驚いたように振り返った。

「やあ、チカ。どうしたの?」

「あそこに泊まっているんだ。きみみたいな姿が見えたから」

後ろのホテルを指さすと、ニコラは納得したように「ああ」と言った。

いつも無邪気だった彼の横顔に、影が差しているように見えた。だが、そう言うのも憚《はばか》られて、ぼくは黙って彼の隣に並んだ。

ニコラはいきなりこんなことを言った。

「ねえ、きみの家もお金持ちだった?」

「も?」

"aussi"という単語を繰り返すと、やっと自分の質問が唐突だったことに気づいたようだった。

「ああ、ごめん。でも自転車選手はそれなりに裕福な家の人間が多いだろう。裕福というのは言い過ぎかな。でも少なくとも貧しい家に生まれた人間は自転車選手にはならないよね」

「そうとは思わないけど……」

ニコラは笑った。

「そう言えるのは、それなりに裕福な家に育った証拠だよ。だってサッカーはボールひとつあればできるけど、自転車に乗るのには自転車を買ってもらわなければならない。自転車を買ってもらえないような家の子は、自転車選手にはなれないよ」

ぼくはしばらく考え込んだ。たしかにそういう意味では、ぼくの家も決して貧しいわけではない。裕福と言えるほどではなかったが、私立の大学まで出してもらったし、なにかに不自由したという記憶はない。

「特にロードバイクは高いよ。どこの家でも買えるわけじゃない。それを買ってもらえるのは、いい家の子だけだ」

ぼくは頷いた。ヨーロッパでは日本のように、一万円かそこらで買えるような安い自転車はない。競技用ならなおさらだ。

「ぼくは自転車競技をはじめたのが遅かったんだ。ずっと陸上をやっていて、高校生になってからロードバイクに乗りはじめた。だから、はじめてのバイクはアルバイトをして自分で買ったけど……そうだね。自転車は子供のときに買ってもらったな」

ニコラはまるで楽しいことを思い出すように言った。

「ぼくは自転車を盗んだことがあるよ。小学生のとき」

今日は告白をよく聞く日だ。ぼくは苦笑した。

「悪ガキ……だな」

「そんなに悪かったわけじゃないと思うんだけどね。でも、どうしても自転車が欲しかった。もちろんばれて、こってり絞られたけどね」

ニコラの家は自転車を買ってもらえるほど裕福ではなかったということか。

「ドニが、自分の自転車を貸してくれたんだ。交代で乗ればいいって」

たしかそれはインタビューで彼が話していた。

「それからドニが新しい自転車を買ってもらうと、古いのをぼくにくれた。ドニがそうやって親切にしてくれなきゃ、ぼくは自転車選手にはなれなかったと思う。それとも、プロの自転車泥棒になったか、どっちかだな」

なぜ、ニコラがそんなことをぼくに話すのかわからなかった。だが、ニコラにとっては大事なことなのだろう。

「ねえ、第八ステージ、きみが山岳賞を取った日のことを覚えている?」

「ああ」

忘れるはずなどない。たぶん、一生あの日はぼくの中で輝き続ける。

「あの日、ドニがいきなりきみから遅れただろう?」

「ああ、メカトラブルのせいだったね」

ニコラは首を横に振った。

「違う。あれはメカトラブルのせいじゃない。ぼくのせいだ」

ニコラの顔が歪《ゆが》んだ。彼のこんな表情を見るのははじめてだった。

「ドニはぼくの恩人なのに、ぼくが彼のマイヨ・ジョーヌを邪魔したんだ」

彼はそう言うと、ぼくに背を向けて歩き出した。

その背中はまるで泣いているようにも見えた。彼を追うべきなのか、そっとしておくべきなのかわからず、ぼくはただ、その場に立ち尽くしていた。

第九章 魔物

第十五ステージ。ツールはとうとうふたつめの山岳ステージ、アルプスへと突入した。ここから三日間、またハードな山岳コースが続くことになる。

国土の九割が平地であるフランスにあるふたつの山岳地帯、ピレネーとアルプスは、毎年ツールの勝敗を分ける大事なステージだ。ピレネーとアルプスのないツールなど考えられないが、どちらが先かはその年によって違う。

今年は反時計回りにコースが組まれているから、第二週にピレネーを走り、そして第三週にアルプスに入る。

ツールも半分を過ぎ、残すところ、あと一週間になる。

ピレネーを終えてから、総合順位に変動はない。マイヨ・ジョーヌはアレジオ・ネーロのモッテルリーニ、二位がエスパス・テレコムのカンピオン。そしてミッコと続いている。一位から三位までの間は、二十秒も離れていない接戦である。そして、四位のニコラが約二分差。総合優勝は三位までの三人に絞られたというのが、大方の見方だった。

だが、平坦《へいたん》ステージの間も、ニコラは必死に戦っていた。スプリントポイントでもらえるボーナスタイムを狙《ねら》ってスプリントを仕掛けたり、集団から逃げ出すために何度も飛び出した。まるで、失った夢を取り戻そうとするように。

だが、ニコラはもうただの若い選手ではない。

スプリントは、モッテルリーニやカンピオンのチームのスプリンターに潰《つぶ》され、アタックもすぐに飲み込まれる。二分差を開けたとはいえ、ピレネーまでのステージで、ニコラの怖さは、身に染《し》みている。油断は出来ない。

それは強い選手に対する本能的な恐怖だ。

彼の飛び出しを許せば、どうなるかわからないという怯《おび》えが、ニコラのわずかな抵抗すら封じ込める。

特にモッテルリーニの、ニコラへのマークは偏執的なほどだった。たった数秒のボーナスタイムですら許そうとしない。

それを見ていて思った。強い選手というのは、自分が攻めることに恐怖を感じず、また一方で他の選手の攻めに怯える選手なのだ、と。怯えということばがふさわしくないのなら、決して手加減しないと言い換えてもいい。

だが、王者に、今年デビューした新人選手がそこまで脅威を感じさせたことは、それだけでも充分な活躍だ。

そう、今年のニコラの活躍はすでに充分すぎるほどだ。なにも焦燥感を感じることなどないのだ。

ツールは今年だけではないのだ。

なのに、ニコラは必死であがき続ける。来年のことなどはじめから頭にないかのように。


十五ステージの朝、チームバスに向かう途中にミッコが低くつぶやいた。

「アルプスの三日間で、マルコとカンピオンを抜いてトップに立ちたい」

ぼくは驚いて足を止めた。

ミッコがこんなにはっきりと勝利への意志を口にしたのははじめてのことだった。

だが、現在の順位でもミッコが一番有利だというのが大方の見方だ。第二十ステージは個人タイムトライアルだ。三十六キロと距離は決して長くはないが、個人タイムトライアルの得意なミッコは、一日で四十秒以上、上手《うま》くすれば一分近い差をライバルにつけることができる。

　だから、現在の順位にかかわらず、むしろモッテルリーニとカンピオンが攻めにでて、ミッコとの差を引き離さなければならない。

　ぼくが考えていることがわかったのだろう。ミッコは首を横に振った。

「個人タイムトライアルだけで逆転を狙うのは危険だ。落車や機材トラブルでもあれば終わりだし、カンピオンは風洞実験をして、タイムトライアルのフォームを改善している。あのふたりは山が得意だから、山岳の後は俺よりも疲労も少ないはずだ。想像以上にいいタイムを出してくるかもしれない」

　足早に歩くミッコの表情は硬い。

「それに、タイムトライアルのタイム差だけで勝ったとは言われたくはない。山岳で勝利を挙げたい」

「わかった。ぼくも力を尽くすよ」

　ぼくに山岳アシストとしてミッコを勝たせるだけの力があるとは思っていない。それでもすべての力を出し切れば、手助けくらいはできるはずだ。

　ピレネーと違い、残る力を全部出し切り力尽きてリタイアしたってかまわない。

この三日間を終えれば、十八、十九ステージは平坦だ。総合順位を覆《くつがえ》すようなタイム差がつくことは考えにくいし、二十ステージの個人タイムトライアルで、アシストができることはなにもない。

そして、パリ・シャンゼリゼに辿《たど》り着く二十一ステージは、慣例によりパレード走行だ。ルールで禁止されているわけではないが、総合で逆転を狙ったりすることは無粋だと考えられている。

つまり、ぼくがミッコのために働けるのは、このアルプスの三日間が最後なのだ。しかも、今日は山頂を越えたあと、下ってからゴールだからタイム差はつきにくい。勝負は明日のラルプ・デュエズと、その翌日のラ・トゥスイールの山頂ゴールに絞られる。

ミッコはかすかに歯を見せて笑った。

「ラルプ・デュエズでワンツーでフィニッシュできれば、勝利を譲ってやるよ」

もちろん、そんな可能性など低いことはわかっている。だが、想像するだけで胸が躍る。

「本当？　タイム差二十秒は大きいよ」

一位でゴールすればボーナスタイムが二十秒つく。この接戦で二十秒をプラスできれば、勝利への距離が一歩近くなる。

「ああ、ラルプ・デュエズには魔物がいるからな。俺は魔物には逆らわないことにしている」

ミッコのことばでぼくも気づく。ツールにおける伝説の峠、ラルプ・デュエズ。勝負を大きく分けるはずの難所でありながら、なぜかラルプ・デュエズの優勝者はツールを勝てないことが多いのだ。

だから、選手たちの間ではこう囁《ささや》かれている。

――ラルプ・デュエズには魔物がいる。

ぼくは前を歩くミッコを追った。

「そういうことを気にするとは思わなかった」

「そういう性格だ。おまえだってそうだろう？」

「ぼくが？」

「チカは信心深いとチームメイトたちはみんな言っている」

ぼくは首を傾《かし》げた。ぼく自身はなんの宗教も信じていない。

「ぼくは無宗教だけど」

「じゃあ、なぜ食事の前に手を合わせるんだ」

驚いて、ミッコの顔を覗《のぞ》きこんでしまった。たしかに子供の頃からの癖で、食事の前には小さく手を合わせなければ落ち着かない。

「単なる習慣だよ。しなければ、なんとなく落ち着かないだけで」

ミッコは足を止めてにやりと笑った。

「それを信心深いと言うんだ」


自転車ロードレースはチーム競技だ。チームはひとつの家族であり、運命共同体でもある。

だがときどき思うのだ。チームにかかわらずプロトン自体が、ある意味家族のようなものだと。

ツール・ド・フランスをはじめとするグラン・ツールでは、三週間もの期間を共に走り、移動し、一緒に過ごす。ライバルチームでも、逃げるときは協力し合うのが当たり前だし、チーム以外でも気の合う選手はいる。

グラン・ツール期間でなくても、毎日のようにどこかでレースはある。選手たちの間に、親しみや一体感が生まれてくるのも当然だ。

選手たちはライバルでもあるが、同時に長い距離を一緒に走りきる仲間でもある。

数日前から、プロトンに漂っていた不穏な空気は、その日いっそう濃いものになっていた。

聞こえよがしになにかが囁かれるわけでもなく、あからさまに不機嫌な選手がいるわけでもない。だが、空気の変化ははっきりとわかる。

勝負を分ける山岳コースに入った緊迫感もあるだろうが、それだけではない。

理由はしばらく走っているうちにわかった。

隣にやってきたマルケスが、小さな声でぼくに囁いた。

「Ａサンプル陽性が出たらしい」

ぼくは息を呑《の》んだ。

毎日行われるドーピングチェックで採尿したサンプルは、ＡとＢに分けられ、検査機関に送られる。検査ミスを防ぐためと、サンプルのすり替え防止のためだ。

Ａサンプルに陽性が出た場合、Ｂサンプルも検査に回され、その両方が陽性だった場合、ドーピング違反となり、処分が下される。

「だれが……」

「まだそれはわからない。今回、運営委員はＢサンプルの結果が出るまでは、一切情報を出さない方針らしい」

それはいい傾向だ。Bサンプルの結果が出るまでは検査ミスの可能性もあるのに、去年まではAサンプル陽性の時点で、マスコミに情報が流れ、さらし者にされた選手がいた。だが、「陽性発覚」の噂《うわさ》が流れる時点で、また情報が漏れていることには変わりはない。

「うんざりだ。またマスコミがうるさくなる」

吐き捨てるようにマルケスが言った。

彼の気持ちはわかる。実際に陽性になった選手の名前は発表されなくても、陽性が出たことで犯人捜しがはじまる。ただでさえ、グラン・ツール期間のストレスは大きいのに、雑音によりレースに集中できなくなる。

誰が陽性になったかが気にならないと言えば嘘《うそ》になる。だが、この時点でそれを追及してもなんの意味もない。みなが疑心暗鬼になるだけだ。自分のチームや仲のいい選手が当事者である可能性もあるのだ。

一瞬、ぼくの頭にニコラの名前が浮かんだ。すぐにそれを振り払う。

ただの噂を鵜《う》呑《の》みにするなんて馬鹿《ばか》げている。Bサンプルの検査にどのくらいかかるのかはわからないが、一週間はかかるまい。ならば、ツールが終わるまでに結果は出ている。

前方に、新人賞のマイヨ・ブランを着たニコラが走っている。この先、大きくタイムを落とすことがなければ、新人賞はほぼ確定だろう。新人賞二位は同じチームのドニで、すでに五分近い差がついている。

この白いジャージも、ニコラが徹底的にマークされて動けない原因のひとつである。チームジャージを着ていれば、アタックをしたとき、逃がしていい選手かそうでないかを見極めるためにプロトンの動きが止まる。その隙《すき》を突くこともできるのに、新人賞ジャージでは目立ちすぎる。

ニコラは少しずつ前に進んでいる。今日もなにか仕掛けるつもりなのだろう。焦《あせ》りのせいとはいえ、果敢に攻める選手はレースをおもしろくする。そのせいで、マイヨ・ジョーヌを失ってからもニコラの人気は相変わらずらしい。

出走サインをするときも、ニコラが現れると、大歓声が上がる。

だが、気になるのはニコラと、ほかのクレディ・ブルターニュの選手たちの間に温度差のようなものがあることだ。

ニコラが二分を失い、総合優勝が絶望的になったことで、クレディ・ブルターニュの選手たちは、すっかり戦う気をなくしてしまったように見える。今も、ニコラが前でチャンスを窺《うかが》っているのに、ほかのチームメイトたちは集団後方でのんびりと談笑している。

気持ちはわからなくもない。前半からピレネーにかけてリーダーチームとなったことで、想像以上に力を使っている。

四位だとしても、新人選手にとっては充分すぎるほどの結果だ。それに満足していても不思議はない。

だが、ニコラは満足していない。今、この一瞬も飛び出すチャンスを探して前方にいる。

マルセイユで、ぼくはニコラの子供のころの話を聞いた。

一見、無邪気で、なんの苦労も知らないように見えるのは、必要に迫られてかぶった仮面なのか、それとも元々の性格か。不思議な選手だ、と思う。

彼はあのとき言っていた。

第八ステージでドニが失速したのは自分のせいだと。

考えられるのは、チームオーダーか。

あのとき、ぼくは前を走っていて気づかなかったが、後ろでニコラがなにかトラブルを起こして遅れそうになったのかもしれない。

それで、監督は前を走っていたドニを、ニコラのアシストのために後ろに下がらせた。それなら納得ができる。ニコラが申し訳ないと感じるのも無理はない。

ふいに、集団に緊張が走った。だれかが飛び出したのか。

中程にいたせいで、前方は見えない。だが、情報はすぐに伝わってくる。

「ニコラがひとりで飛び出したらしい」

前から下がってきたジュリアンがそう言った。

「ニコラが？」

だが、それにしては集団の反応は鈍い。昨日まではあれほど徹底的にマークしていたのに、今日は簡単に逃がしてしまったようだ。タイミングがよかったのだろうか。

レースはまだ百キロ近くを残し、この先一級山岳と二級山岳を越える。これだけの距離をひとりで逃げ切るのは難しいという判断だろうか。

それにしても、ニコラの走りは常軌を逸している。たったひとりで逃げ出すことは、想像以上に体力を消耗する。今日、そんな無茶をすれば明日以降の重要なステージに差し障《さわ》りはないだろうか。

若いだけに体力の回復は早いだろうが、それにしたって限度がある。

プロトンのスピードは上がらない。ニコラの逃げを容認することに決めたようだ。

ぼくは、前方を走るミッコに近づいた。

「どうする？　追った方がいいかい」

サングラスの下の碧《あお》い目が何度かまばたきをした。

「いや、止《や》めておこう。ニコラよりも、今はモッテルリーニとカンピオンの方が優先だ。追うなら、彼らのアシストたちに追わせたい。うちはただでさえ、山岳アシストが少ない。おまえを消耗させたくない」

パート・ピカルディで山岳アシストと言えるのは、ぼくとサイモンとジェラールくらいだ。しかも、サイモンとジェラールは監督の側についている。いつ、ミッコではなくニコラのアシストにまわるかわからないのだ。

プロトンのスピードが上がらないせいか、ニコラはどんどんタイム差を広げていく。先ほど三分だったが、今はもう五分近い。暫定《ざんてい》のマイヨ・ジョーヌは彼の手に戻ったことになる。

もっとも、だからといって今、ニコラが有利になったというわけではない。プロトンはニコラを泳がせているだけだ。

彼が疲れたところで、エスパス・テレコムとアレジオ・ネーロのアシストたちはスピードを上げてタイム差を縮めはじめるだろう。

戦略を考えれば、逃げるのは最後の二級山岳か、その手前の一級山岳の登りに入ってからだ。百キロ近くをたったひとりで走りきるなんて、無謀すぎる。

ぼくは、前方を走るニコラの気持ちを想像した。

たぶん、レースが終わるまで、あと四時間はかかるだろう。平坦《へいたん》ならば、集団は時速四十キロ前後で走るが、今日は途中で長い登りがあるから、その分スピードが落ちる。

四時間以上もたったひとりで風を受けて、山を登る。孤独な旅になる。

ぼくみたいなアシストが、一日だけ飛び出すのとはまったく違う。ニコラはこれまで全力で戦ってきている。遅れたとはいえ、総合四位。トップからたったの二分差につけているのだ。

ぼくの場合は、個人タイムトライアルの日は適当に流したし、ピレネーでも何日か、グルペットと呼ばれる後方集団に入った。グルペットには山の苦手なスプリンターなどもいるから、無理をせず、時間切れにならないことだけを目標にゴールする。その日は、体力を温存することができる。

だが、ニコラは毎日戦っている。一日たりとも気を抜いていない。

同じことを考えていたのだろう。ミッコがぼつりとつぶやいた。

「賢いとは言えないが、尊敬に値するな」

そう、戦略的にいえば少しも賢くはない。むしろ愚かだ。

だが、賢いか賢くないかを決める基準はなんだろう。少なくとも、今レースを観《み》に来ている観客や、テレビの前の人々は、ニコラの無茶なエスケープに興奮し、歓声を上げているだろう。

ぼくたちが、曲がりなりにも報酬を得て、ここで走っていられるのは観客たちが楽しんでレースを観戦してくれているからだ。金を出すのは主催者やスポンサーだとしても、そこに商品価値がないと思えば、彼らは簡単に手を引いてしまうだろう。

タイム差は五分に広がっていた。そろそろ一級山岳の登りが近い。アレジオ・ネーロのアシストたちが前方に集まってくる。これ以上、ニコラを逃がすわけにはいかないと考えたのだろう。

プロトンのスピードが一気に上がる。ぼくは前を走るニコラのことを考えた。

彼は賢くはない。それでもぼくは、彼の走りを美しいと思う。

結局、集団は最後の二級山岳の登りで、ニコラをつかまえた。その後も激しいアタック合戦が繰り広げられたが、最終的には残った小グループでのスプリント対決になった。

勝ったのは、バンク・ペイ・バの選手だったが、モッテルリーニやカンピオン、そしてミッコも最後までそのグループに残った。ニコラも疲労した身体《からだ》でそのグループの最後尾に食らいついた。

総合順位は今日も大きく変わらない。ミッコは山岳でも勝ちたいと言っていたが、それでも現状維持を続ければ、ミッコが有利である。

ゴールした後、ニコラがひさしぶりに話しかけてきた。結局、力を無駄に使ってしまったというのに、彼は少しも悔しそうではなく、むしろ晴れ晴れとした顔をしていた。

「チカ。さっきゴールのところにミユキがいたよ」

そのことばを聞いて驚く。ぼくもなんとか、最後の小グループに残ることができたが、息も絶え絶えで、彼女に気づくような余裕はなかった。

「ねえ、ミユキはツールが終わると帰ってしまうんだろう」

「ああ、そう言ってたけど」

たしか、以前話したときには、シャンゼリゼのゴールの翌日には帰国すると言っていた。

「もし、きみが疲れてなかったら、ミユキに声をかけて少しお茶でも飲もうよ」

ニコラの提案に、ぼくは目をしばたたかせた。

疲れてないはずなどない。百五十キロ走って、山をふたつも越えたのだ。だが、人はあまりに突飛なことを言われると、かえって受け入れてしまうものだ。

「忙しくないのかい。取材とか……」

「夕方は珍しくなにもないんだ。だから大丈夫」

胸を張って言われると、なんだかそんなことで驚いている自分の方がおかしいような気分になる。

ぼくはチームバスに帰ると、深雪さんの携帯に電話をかけた。ニコラの提案を伝えると、彼女はうれしそうな声をあげた。

「本当？　また彼の写真が撮れないかと思ってたの」

彼女が取っているホテルを確認すると、幸いなことに同じ街だった。ならば問題はない。

ニコラの泊まっているホテルのカフェで待ち合わせることにして電話を切った。

ニコラが深雪さんと会いたがっているのなら、ぼくが一緒に行くのも無粋な気がしたが、ふたりはだれか通訳する者がいないと話ができない。無粋を承知で、空気のような存在になるしかない。

約束の時間にカフェに行くと、ニコラは私服に着替えて待っていた。声をかけてくるファンに、にこやかにサインをしている。人気者は、気の休まる暇もなくて大変だと思うが、ぼくなどはジャージを着ていてもあそこまでファンに囲まれることはない。それはそれで羨《うらや》ましい気もする。

ギャルソンにエスプレッソを注文していると、窓の向こうに深雪さんが通りを渡ってくるのが見えた。今日は、身体のラインに沿った黒いワンピースを着ていた。

店に入ってくると、彼女はぼくたちを見つけて、小さく手を振った。

「声をかけてくれてありがとう。ニコラはもうスターになっちゃったから会えないと思ってたわ」

深雪さんのことばを翻訳すると、ニコラはわざとらしく顔をしかめた。

「やめてくれよ。スターなんかじゃないよ」

「スターだわ。新聞にはあなたの写真がたくさん載ってる」

「一時的なものだよ。この先、低迷して勝てなくなれば、あっという間に忘れられてしまうのさ」

笑顔でそんなシニカルなことを言うニコラに驚いた。だが、ぼくはもう彼がただ人懐《なつ》っこいだけの青年でないことを知っている。

「そんなこと言わないで。これからも応援しているから頑張って」

ニコラは曖昧《あいまい》に微笑《ほほえ》んだ。

深雪さんは急に真剣な顔になった。

「ライオン、どうもありがとう。チカから聞いたわ。……でも、本当に私がもらってもいいの？」

「いいんだって、むしろきみにもらってほしいんだ。だって、きみがもらってくれれば、あのライオンはぼくの代わりに、きみと一緒に日本に行けるんだから」

まったく、訳すのが恥ずかしくなるようなことばが、よくそんなにすらすらと口から出てくるものだ。苦笑しながら、ぼくは深雪さんにそれを伝えた。

ぼくたちは、その後二十分ほど、一緒にコーヒーを飲んだ。

深雪さんは一眼レフのカメラで、ニコラとぼくの写真を何枚も撮った。写真を撮られるのは正直苦手だったのに、ニコラと一緒にレンズを向けられるのは、不思議といやではなかった。

これまでの写真のようなぎこちない笑顔ではなく、自然に笑いながら、ぼくは写真に収まった。

これほど深雪さんのことを気にいっているのだから、ニコラが連絡先を聞くのではないかと思っていたが、ニコラは最後までそれを尋ねようとはしなかった。深雪さんも自分からそれを伝えるつもりはないようだった。

ふたりを見ながらぼくは数日前、ニコラが言ったことばを思い出していた。

これが恋だとしたら、この恋はきっとポディウムで与えられるキスや花束のようなものなのだろう、と。

もしかしたら一生出会うことなどなかった遠い国に住む、ことばも通じない同士の、束《つか》の間《ま》の高揚感。記憶の中にだけしっかり刻み込まれ、思い出すだけで幸福になるような。

そう考えれば、ニコラが彼女にライオンをプレゼントしたがったのも不思議はないような気がした。

最後に、ぼくが深雪さんのカメラを借りて、ニコラと彼女のふたりの写真を撮った。ファインダーの中に、寄り添ったふたりの姿を切り取り、ぼくは何度かシャッターを押した。

ニコラが腕時計を見て、小さなためいきをついた。

「ああ、もう行かなくちゃ。マッサージの時間だ」

そろそろぼくもホテルに戻らなければならない。深雪さんのホテルは通り道だから、そのまま送っていくことにする。

外はまだ明るいが、ここは日本ではないし、時間はもう八時近い。

ニコラは椅子《いす》から立ち上がると、ぼくを見下ろした。

「ねえ、チカ。明日はラルプ・デュエズだよな」

「ああ」

「ぼくは明日、勝つよ」

ぼくは驚いてニコラの表情を確かめた。冗談を言っているようには見えなかった。

「今日あれだけ逃げたのに、タフだな」

「だって、ツールも残り少ないじゃないか」

まるで、ほかの選択肢などありえないように彼は笑った。

深雪さんに手を振りながら、立ち去っていく彼の後ろ姿を見ながら、ぼくは思った。

多くの人が、ニコラの総合優勝の可能性はもう消えたと信じている。だが、ニコラにとっては、まだなにも終わってはいないのだ。

夢を見た。

自転車に乗ってレースを走っている夢だ。

それ自体は別に珍しいことではない。自転車選手たちは一日、五時間以上自転車に乗る。歩いているよりも長い時間をサドルの上で過ごすのだ。

普通の人たちが、夢の中で歩いたり座ったりするのと同じように、ぼくたちは夢の中でも自転車に乗る。

夢だけに、まわりの景色や状況はおぼろげだ。フランスのような気もするし、日本に戻ってきたような気もする。それなのに、ペダルに感じるわずかな抵抗や、荒れた道を走るときの振動、チェーンの音などはやけにはっきりと感じる。

ぼくは前を走る誰かを追っていた。

白いジャージと、ヘルメットの後ろからかすかにのぞいた麦わら色の髪。ニコラだ。集団はいない。ぼくはたったひとりで、彼を追っている。

そんなに遠い距離でもないのに、どんなにペダルを踏み込んでも、彼との距離は縮まらない。

ギアをアウターに切り替えて必死に踏んでみても、前を走る背中はどんどん小さくなっていく。心拍数だけが上がっていき、喉《のど》がぜいぜいと鳴った。

ふくらはぎが痙攣《けいれん》する。それを止めようと伸ばした足がベッドを蹴《け》った。

それでやっと夢だと気づいた。

だが、気づいたからといって夢はすぐには終わらない。ぼくはペダルを強く踏み込むのをやめて、ゆるやかに回しながら、夢の状況を確かめる。

いつの間にか、ぼくは湿っぽい空気の中にいた。ああ、ここは日本なのだ、と思った。

森の中をぼくは走っている。濃い緑が、両側から押し寄せる。

ニコラはまだ前を走っていた。ぼくが速度を落としても、彼との距離は同じだった。

こういうところがやはり夢だ。

ふいに違和感を覚えた。前を走っているのは本当にニコラなのだろうか。

白いジャージの小柄な背中はニコラのもののように見える。だが、ヘルメットからのぞく髪はいつの間にか漆黒に変わっていた。

その、見覚えのある後ろ姿の持ち主を思い出そうとしていると、目覚まし時計が鳴った。

弾《はじ》かれたようにぼくは飛び起きた。

「おはよう」

窓のそばに立っていたミッコが、振り返った。

「ああ……おはよう」

そう応《こた》えて、ぼくは気づく。窓の外からばらばらという強い音が聞こえてくる。雨音だった。

ミッコは、ガラス窓を軽く拳《こぶし》で叩《たた》いた。

「魔物の奴《やつ》、やってくれやがる」

雨音の激しさでわかる。外は間違いなく土砂降りだった。


出走時間が近づいても、雨がやむ気配はなかった。支度をしながら考える。これは、吉兆なのか、それとも苦しい一日の幕開けか。

前向きに考えれば、ぼくもミッコも悪天候には強い方だ。

だがそれは、ほかの選手とくらべて相対的に消耗が少ないという意味でしかない。土砂降りの中を、五時間も六時間も走り続けることが楽な行為であるはずはない。晴れた日のレースでは、軽口を叩くこともできる集団の中での走行も、この天候では苦行に変わる。

しかも、今日はイゾアール峠、ロータレ峠というふたつの峠を越えたあと、ツールの天王山というべき、ラルプ・デュエズの山頂ゴールに挑む。晴れていてさえ、楽なコースではない。

ラルプ・デュエズの平均斜度は七・九パーセント、九十九折《つづらお》りのヘアピンカーブが二十一続く登りを、約四十五分かけて登ることになる。

ただでさえ、ぼくらは十六日間走り続けてきている。幸い、ぼくは大怪我《けが》をするような落車に巻き込まれることはなかったが、小さな落車での擦り傷は、身体《からだ》のあちこちにある。そうでなくても、疲労で全身がぎしぎし痛む。足首は筋肉疲労のため熱を持ち、毎晩氷で冷やさなければ眠れない。

だが、それでも、あのラルプ・デュエズ――今までテレビでしか観《み》られなかった伝説の峠に挑むことができるのだと思えば、身体は震える。

今年の冬、チームで一度試走したが、そのときには沿道に押し寄せる観客もおらず、道路のペインティングもなかった。ツール・ド・フランスでのラルプ・デュエズとは違っていた。

なにより、ぼくにとっては最初で最後のラルプ・デュエズかもしれない。チームが消滅してしまえば、もう一度出られる可能性の方が少ないだろう。

ニコラやミッコは、来年以降、もう一度ここに戻ってくることができるだろうが、ぼくはわからない。今日、全力を出し切るしかないのだ。

雨の中、スタートフラッグが振られ、ぼくたちの長い一日がはじまる。


レースが始まると同時に、二十人近い逃げ集団が形成された。ラルプ・デュエズでの勝利を狙《ねら》っているのは、ニコラやぼくたちだけではない。

ここで勝てば、二十一のカーブにあるプレートに名前を記され、錚々《そうそう》たる歴史的な選手たちと肩を並べることになる。

だが、ぼくたちの戦略はすでに決まっている。中盤までは総合上位陣だけを徹底的にマークし、最後のラルプ・デュエズに入ってから勝負に出る。

総合上位陣というのは、もちろんカンピオンとモッテルリーニ、そしてニコラの三人だ。

ぼくが逃げ集団に入ることも考えたが、正直、ここまでくると体力も限界に近い。長時間逃げ続けるのは難しい。それに、ミッコにはぼく以外のアシストはいないも同然だ。まだアシストを五人近く残している、ほかのチームのような戦略は取れない。たぶん、カンピオンもモッテルリーニも、ミッコが山岳で動くとは考えていないはずだ。ミッコが勝負に出るのはタイムトライアルで、山岳では差を広げないように無難にゴールすると推測しているだろう。

だからこそ、今日動くことに意味がある。

雨はいっこうに小降りにならない。ウインドブレーカーのフードをかぶっていても、顔や髪は濡《ぬ》れ、撥《は》ねた泥が顔にかかる。

少しずつ、体力が奪われていくのがはっきりとわかる。だが、すべての選手が同じ条件で戦っている。最後まで気力を保ったものが、今日、勝利を手に入れるのかもしれない。

それにしても、みんなが防寒具を身につけているから、選手の区別がつきにくい。ぼくはマークすべき選手を探して、彼らがどんな恰好《かっこう》をしているか、頭に叩き込んだ。

少し後ろの方に下がると、ニコラの顔が見えた。

黒と紫のクレディ・ブルターニュのウインドブレーカーを着ている。彼がチームカラーであるこの色を身につけて走っているのを、ひさしぶりに見た。

ツール前半はマイヨ・ジョーヌ、中盤以降はマイヨ・ブランをずっと着ている。もちろん表彰台では、チーム名がはっきりわかるチームジャージに着替えるのだが、選手はだいたい表彰式など見ずに、さっさと自分たちのホテルに向かう。

彼はぼくと目が合うと、にこりと笑った。

昨日までとくらべると、ずいぶんリラックスしているように見える。焦《あせ》りだとか、苛《いら》立《だ》ちのようなものは、今日は感じられない。

昨日のことで、少しでも気分転換ができたのならよかったと思う。

だが、彼は昨日はっきりと言った。

――ぼくは明日、勝つよ。

彼の今までの戦い方から見て、単なる軽口のはずはない。この先、彼は必ず勝負に出てくる。

イゾアール峠を越え、ロータレ峠の中程まできたときには、逃げ集団とのタイム差は三分ほどに縮まっていた。一時は七分を超えたが、エスパス・テレコムが集団を引いて、差をコントロールしている。

たぶん、集団はこれ以上差を縮めようとしないだろう。

今、前で逃げている選手の中に、総合で脅威となる者はいない。ラルプ・デュエズに入れば、簡単に追いつけるはずだ。

やはり、誰もが照準をラルプ・デュエズに合わせている。ぼくは気を引き締めた。

ふいにぼくの頭に、ある戦略が浮かんだ。ぼくはミッコに近づくと、小声で言った。

「峠の下りで、アタックするよ」

ミッコの碧《あお》い目が驚きに見開かれた。

「こんな天気の日にか？」

「こんな天気の日だからだよ」

雨の下りは危険だ。ブレーキをかけるタイミングひとつが事故に繋《つな》がる。総合優勝を狙う選手たちは、安全策をとるしかない。ぼくが本気で下れば、彼らには追いつけない。

事故を起こすリスクを冒しても、ぼくが飛び出すことには意味がある。

この先のラルプ・デュエズでは、間違いなく総合優勝候補たちの直接対決になる。ミッコは食らいつくことができるだろうが、ぼくが優勝候補たちのグループに残る確率はかなり低い。いくら山を得意としていても、一流のクライマーたちと渡り合えるはずはない。

だがぼくが先行して逃げれば、その大事な局面で、優勝候補たちのグループに合流することは難しくない。前を走っている人間が、後ろのグループに合流するには、スピードを落とせばいいだけなのだから。そして、そこでミッコのアシストとして働くことができる。

「だが、危険だ」

ミッコのことばにぼくは笑った。

「無茶はしない。自信があるからやるんだ」

そう、下りのブレーキングには自信がある。未《いま》だかつて、下りで落車をしたことはない。どうすれば危なくないかは、とっさに判断できる。

自分がうぬぼれの強い性格だとは思わない。どちらかというと慎重なほうだ。

だから、これは根拠のない自信ではない。ぼくにはできるのだ。

ミッコは頷《うなず》いた。

ロータレ峠を登り切り、山岳ゲートを越えた。山岳ポイントはすでに、先行グループに取られているから、争いなどはない。その隙《すき》を狙って、ぼくは集団から飛び出した。

ぼくの武器は、下りの速度だ。なるべく早く飛び出した方が、距離を稼げる。

身体を縮めて、風に乗る。後ろは振り返らない。

たぶん、誰も追ってこないだろう。ぼくは脅威となる存在ではない。危険を冒して追う必要などないのだ。

だが、自分以外のチェーンの音が聞こえた気がした。

カーブを越え、直線に入ってから振り返る。

黒と紫のウインドブレーカー。追ってきたのは、ニコラだった。

一瞬、まずいと思った。ぼくと違って、ニコラは脅威だ。ニコラが逃げれば、集団は速度を上げるだろう。そうなると、ぼくまで捕まる。

直線で、ニコラはぼくに追いついてきた。

「すごいな、チカ。ダウンヒルが得意なのか？」

ニコラには悪いが、ここでは馴《な》れ合えない。

「悪い。ニコラ。きみとエスケープするつもりはない。集団が逃がしてくれなくなる」

ニコラはしれっとした顔で答えた。

「集団より早く逃げればいい」

たしか、以前、ドニに似たようなことを言ったな、と思い出す。

振り払おうとしても、ニコラは巧みにぼくの後ろへ付いた。そうなるとぼくのスリップストリーミングで、彼が有利になる。

そんなつもりはないのに、ニコラのアシストをする形になってしまう。

苦々しく思っていると、後ろからニコラが叫んだ。

「協力しよう。登りになったらぼくが引くから、今は後ろに付かせてくれ」

ぼくは迷った。もし、ニコラが総合優勝候補でなければ、悪くない取引だ。登りではニコラの方が強い。

集団が必死に追いかけてくるかと思ったが、その気配はない。

ぼくは無線でミッコに話しかけた。ニコラにわからないようにわざと英語を使う。

「計算外だ。ニコラが付いてきてしまった」

「らしいな」

「カンピオンたちは追ってこないのか？」

「登りで追いつけると判断したんだろう。今は危険を冒す様子はない」

オートバイの審判が、ボードにタイム差を書いて、ぼくに見せた。集団から一分半の差。下りのみでつけたにしては、悪くないタイム差だ。

だが、これからはラルプ・デュエズの登りに入る。

追いつかれてしまえば、ただ無駄に危険を冒しただけになる。

雨はまだ降り続いている。ぼくの視界に、じっとりと濡れたラルプ・デュエズがそびえ立っている。

神の山だ。ふいにそう思った。ミッコならば、魔物の山と言うかもしれないが。

前を走るグループとの差は、一分に縮まっていた。たぶん、先頭グループは登りに入って、スピードが落ちたのだろう。

ニコラが先頭に出ながら叫んだ。

「前に追いつこうよ」

ぼくは考えた。ここでぼくがニコラとの協調をやめたとしても、彼が先に行ってしまうだけだ。

ペダルを踏む彼の足はまだまだ軽い。ならば、彼をマークして一緒に行く方が戦略的には上策だろう。

「ぼくはもう前に出ないよ」

ニコラにはっきりそう言うと、彼は肩をすくめた。

「ミッコのためか」

ぼくが頷くと、ニコラはあきらめたように首を振った。

「きみのスリップストリーミングに入れなかったら、ぼくも下りで逃げ切れたかどうかわからない。仕方ないね」

ぼくはニコラの後ろについた。集団にいるときほどではないが、それでも空気抵抗が軽減され、ずいぶん身体《からだ》が楽になる。ぼくは息をついた。

ライバル選手の後ろにつくことは、戦略的には大きな意味がある。ぼくが後ろで体力を溜《た》め続けることは、ニコラにとってプレッシャーになるだろう。

もしぼくを連れたまま頂上付近まで行けば、体力を温存したぼくに一瞬で勝利をかっさらわれる可能性がある。引き離そうとアタックを繰り返せば、体力を使う。

ロードレースは紳士のスポーツと言われ、先頭交代に参加しないで勝利を狙うことはよしとはされないが、それがチーム戦略上意味がある場合は別だ。

この状態で、ぼくがニコラと協力し合って山を登れば、エースであるミッコがダメージを受ける。だから、この状態で先頭交代を拒否することは、決してルール違反ではない。

ニコラも納得したのか、淡々とペダルを踏み始めた。ぼくは彼の後ろに続いた。

登り口に入る。白いキャンピングカーや、観客のロードバイクが道沿いに並び、人々が歓声を上げている。

木々に覆《おお》われている山ではないから、下からでも九十九折《つづらお》りの山道が見えた。先頭集団のスピードはあきらかに落ちていた。ニコラとは登る速度が違う。

ここにいる観客たちは、レースの展開を知らない。ラジオで実況を聞いている者もいるかもしれないが、すべてではない。

彼らは、登ってきたのがニコラであることに気づくと、雨の中、まるで咆哮《ほうこう》のような叫び声を上げた。

「ニコラ！　ニコラ！」

ニコラは今日勝つと言った。ラルプ・デュエズで勝利を挙げ、そしてもう一度マイヨ・ジョーヌを取り戻せば、ニコラはツールの伝説に名を刻むスターになるはずだ。

もし勝てなくても、この果敢な戦いは、観客たちを熱狂させている。

ニコラの名に混じって、ぼくの名を呼んでくれる人も少しいて、それがぼくの心を奮い立たせる。

このスポーツにも間違いなくナショナリズムはある。だが、選手が通り過ぎる瞬間だけ、観客はそれを忘れたかのように声援を送るのだ。

審判のオートバイが横を通り過ぎた。

前とのタイム差はもう一分を切っている。後ろとは二分近い。

前に追いつくのは時間の問題だが、問題は後ろだ。ぼくだけならば泳がせてくれるだろうが、ニコラがいるから彼らは本気で追ってくる。問題は、ニコラがどれだけ持ちこたえられるかだ。

観客は今にも飛び出しそうなほど興奮している。集団を走っているときにはこんなことはないから、怖いとすら感じる。

観客の身体や、持ち物にハンドルが引っかかって落車するケースは、決して珍しいことではない。登りでスピードが出ていないから、大怪我《けが》につながるケースは少ないが、それでもなるべく落車は避けたい。

先頭集団はもう目前だった。彼らはあきらかに足を使いすぎていた。速度がまったく違う。

ニコラが小さくつぶやいた。

「ついてこれそうな奴《やつ》はいないな……パスするか」

デビュー一年目の選手にしては、傲慢《ごうまん》とも言えるつぶやきだったのに、ひどく自然に聞こえる。

たぶん、選手の格というのは年数で決まるものではないのだ。

数日間マイヨ・ジョーヌを守り、強豪たちと互角に戦ったニコラは、もう単なる若手のひとりではない。

最初にオルレアンで声をかけられたときは、彼がこれほど大きな選手になるとは想像もできなかった。優勝候補の一角だと噂《うわさ》されるのと、実際に優勝を争うのとはまったく違うのだ。

　ことば通り、彼は先頭にいた十五人近い選手を軽く追い越していった。エスパス・テレコムの選手がぼくたちに食らいついてこようとしたが、ニコラが速度を上げるとあっという間に千切れていく。

　足を使っていないということもあるが、少なくともぼくは彼についていけている。そう思うと自信がわいてきた。

　ヘアピンのようなカーブを曲がり、坂を登っていく。勾配《こうばい》が楽になったところで、ぼくはエナジージェルを、喉《のど》に流し込んだ。おいしくもなんともない、ただエネルギーだけを身体に入れる作業だ。

　後方集団とのタイム差は縮まらない。だが、無線からは後方集団もかなり絞られているという情報が入ってきていた。

　ほかの選手が脱落するほど速度を上げても、ぼくたちはまだ捕まっていない。ニコラのペースが相当速いということだ。

　ニコラがふいに振り返った。そして言う。

「ねえ、チカ。取引しないか?」

「取引？」

ぼくは額についた水滴を手の甲で拭《ぬぐ》った。もう全身がずくずくに濡《ぬ》れているのに、そこだけ拭っても仕方がないが、目に入る水が不快だった。

「そう、ラルプ・デュエズの頂上まで協力して行こう。成功したら、ステージ優勝はきみに譲る」

ぼくは目を見開いて彼をみた。

「なあ、悪い取引じゃないだろう。一緒に協力して登ろう。きみがステージ優勝、ぼくがマイヨ・ジョーヌだ」

こういう取引自体は、自転車ロードレースでは卑怯《ひきょう》なことでも、珍しいことでもない。違うチームの選手が一緒に逃げる上で、よく行われることだ。

　力を合わせて戦って、結果を共有する。強い選手は、そうやって力の劣る選手を味方に引き入れて、戦いを有利にすることができる。

ニコラは何度も振り返ってぼくをみた。

「なあ、チカ。頼む」

ラルプ・デュエズの勝利。

一瞬、想像して、目が眩《くら》むような気がした。山岳賞ジャージをたった一日着たときの晴れがましさとは比べものにならない。

伝説の峠で優勝し、カーブにあるパネルに自分の名を刻む。

ここで勝てば、たぶん来年からの契約も見つかる。しばらくはヨーロッパで走り続けることができるし、日本に帰ってからもその経歴を使って仕事を探すことができるだろう。

ただの日本人としてのみ認識されていたぼくの名が、クライマーとして認められる。

勝ちたい。勝てるものなら。その欲望がぼくの胸の中でうずき始める。

もしぼくが総合優勝に関係ないチームの選手なら、ニコラと協力し合って頂上まで行き、勝利を譲ってもらってもなにも悪いことはない。ぼくの勝利はチームの勝利でもある。

だが、今総合で三位につけているのは、ミッコだ。しかもこの先の展開では、彼がもっともマイヨ・ジョーヌに近いといわれている。

ぼくがニコラに協力することは、ミッコの勝利を脅《おびや》かすことになる。

ニコラは速度を緩めない。だが、何度も振り返って、ぼくに懇願する。

「なあ、チカ。きみも引いてくれ」

たぶん、ひとりでは頂上までたどりつけないと判断したのだろう。まだ登りの半分を過ぎた程度だ。残り二十分近く、ひとりで引かなくてはならない。

ニコラが僅差《きんさ》でマイヨ・ジョーヌを着ても、タイムトライアルで取り返すことはできるかもしれない。今日勝っても、ニコラは体力を使ったから、タイムトライアルでの好成績は望めないだろう。

ぼくがラルプ・デュエズで優勝することは、チームスポンサーにとっても大きなプラスになる。それに今年勝てなくても、これだけ健闘しているのだ。ミッコの来年のチームはたぶん簡単に決まるだろう。来年だってチャンスはある。

だが、ぼくは来年ヨーロッパで走っていられるかどうかもわからないのだ。

自分の勝利を求めてなにが悪い、心の中で、もうひとりの自分がそう叫んだ。

審判バイクが、後ろとのタイム差を見せる。一分三十秒。タイム差は少なくなってきている。

無線で、後ろの情報を聞こうと耳に手をやったときだった。

無線からミッコの声が聞こえた。

「チカ、聞こえるか」

ぼくは息を呑《の》んで、無線を耳に強く押し込んだ。英語で喋《しゃべ》る。

「聞こえる。集団の様子は？」

「もう十人ほどしか残っていない。少しきつい。下りてこられるか」

一瞬、答えに詰まった。ほんの数秒だったのに、ミッコはその逡巡《しゆんじゆん》からなにかを感じ取ったようだった。

「勝てそうなのか。ニコラの調子は」

「悪くないと思う……でも」

「わかった。じゃあ、こちらでなんとかする。おまえは行け」

「でも！」

無線の向こうで、彼が笑った気がした。

「いいか、俺の勝利もチームの勝利だが、おまえの勝利もチームの勝利だ。こんなチャンスはもうないぞ。勝てるときに勝て。だが、タイム差はつけすぎるなよ」

そういうと同時に、無線は切られた。

ニコラがまた振り返る。さっきまで、閉じられていた彼の口が開いている。きっときついのだ。彼は、毎日のように勝負に出ようとしている。

ぼくは、ペダルに力を込めた。ニコラの前に出る。

ニコラがほっとしたように笑った。ぼくは彼を引きはじめた。

沿道の観客が、まるで壁のようにこちらに押し寄せてくる。みんな雨具を着ていたり、傘を持っているせいで、よけいに人ではないなにかのように感じられて、ぼくは身震いをした。

先導するバイクが、必死にクラクションを鳴らして牽制《けんせい》するが、頭に血の上った観客には効果がない。

今、ぼくはラルプ・デュエズを先頭で登っている。そう思うと、指先まで痺《しび》れるほど興奮した。

濡れて蒸れた皮膚も、あちこちの擦過傷《さっかしょう》ももう気にならない。この興奮に素直に身をまかせる。

あと、五キロのゲートをくぐる。審判のオートバイが、横にくるのが見えた。

ふいに、ニコラが叫んだ。

「チカ……！　きみは……っ！」

彼が飛び出して、ぼくの前に出る。必死で、ペダルを踏み始める。

ぼくは笑った。

「もっと早く気づくと思ったんだけどな」

たぶん、ニコラは疲れ切っていたのだろう。だから、ぼくが先頭に出た時点でほっとして、気を緩めてしまった。

ニコラは険しい顔でぼくを睨《にら》んだ。童顔のせいで、まったく怖くない。

「いつ、ぼくがきみと協調すると言った？」

そう言うと、彼は小さく舌打ちをした。

そう、すぐに気づかなかった彼が悪い。ぼくがスピードを落として、後ろの集団を待っていたことを。

すでにタイム差は四十秒に縮まっていた。

「ラルプ・デュエズで勝ちたくないのか？　世界が変わるぞ」

「ああ、そうだろうね」

だが、勝ったとしてもその勝利はぼくの実力だけではない。半分以上はニコラが引き、ニコラがタイム差を作った。

「ぼくがラルプ・デュエズで勝っても、チームの勝利。ミッコがパリでマイヨ・ジョーヌを着ても、チームの勝利だ。それならば、マイヨ・ジョーヌを選ぶよ」

「でも、歴史に残るのはきみの名じゃない」

「ああ、知ってる」

すべての人の名が残るわけではない。ぼくがここにいることも、ぼくひとりの力ではない。沿道でぼくの名を呼んでくれる人は、ぼくのために力を尽くした人の名を知らない。だからといって、彼のしたことが無駄だったなんてぼくは考えない。

ニコラは首を横に振ると、ペダルを踏み込んだ。

ぼくは彼の後にはつかなかった。ニコラは振り返った。

「こないのか?」

「ぼくは後ろに下がる。ミッコがきついらしい」

「理解できない」

「理解してくれなんて思わないよ。きみの戦い方と、ぼくの戦い方は違う」

それでも一瞬、ぼくにもニコラの世界が見えた気がした。先頭に立って、この峠を登ったとき、その眩《まばゆ》さを知った。

いつかそんなふうに戦えるときがきたら、きみのように戦ってみたい。

だが、今はそのときではない。

ニコラが戸惑っていたのはほんの数秒だった。次の瞬間、力強くペダルを踏み込んで、先に進んでいく。もう彼は振り返りはしなかった。

ぼくは速度を落として、後ろを振り返った。すぐに後ろからメイン集団がやってくるのが見える。たぶん、ニコラとのタイム差はもう三十秒程度だろう。

メイン集団がすでに五人に絞られていることに気づいて一瞬焦《あせ》ったが、マスタード色のウインドブレーカーは、後ろの方になんとか食らいついていた。

ぼくはメイン集団に合流した。

ミッコがぼくに気づいて呆《あき》れたように笑った。

「下りてきたのか。石頭め」

「力尽きただけだよ」

モッテルリーニとカンピオンはこの集団にいるが、アレジオ・ネーロとエスパス・テレコムのアシストはすでに千切れてしまっている。

ぼくはミッコの様子を窺《うかが》った。なんとか、この集団から遅れずにいるのがやっとのようだ。

モッテルリーニが、ぼくの隣に並んだ。殉教者めいた薄い唇が、かすかに歪《ゆが》んだ。

「コルホネンを引きちぎってやろうと思っていたのに、やっかいなのが下りてきたな」

たぶん三十秒程度の差なら、モッテルリーニはニコラを放っておくだろう。それより、ミッコと差を広げる方が重要だ。

「逃げたけど、下り以外はニコラが引いてくれたから、足はまだありますよ」

ぼくがそう答えると、彼は鼻からかすかな息を吐いた。たぶん笑ったのだろう。

山岳での力は、モッテルリーニとカンピオンが上だ。だが、アシストがひとりつくだけで、その構図は変わる。使い捨てできるアシストは、戦い方を広げることのできる駒《こま》だ。自分に力が残っていれば、アシストに速度を上げさせて、ライバルたちを消耗させることもできるし、ライバルのアタックを潰《つぶ》すこともできる。

そして、それが「できる」ということは、それだけでライバルにプレッシャーを与えることになる。

ゴール手前、勾配《こうばい》が緩やかになる場所に差し掛かる。ニコラとのタイム差は四十秒になっていた。だが、残り距離があまりない。ニコラが二分近い総合タイムの差を引っくり返して、マイヨ・ジョーヌを取り戻す可能性は、もうほとんどないだろう。

前方で、激しい歓声が上がった。実況のフランス語が、ニコラの勝利を告げる。

マイヨ・ジョーヌを取り返すことはかなわなかった。だが彼はステージ優勝を遂げたのだ。

羨《うらや》ましいと思わないと言えば嘘《うそ》になる。だが自分で選んだことならば、羨望《せんぼう》や嫉妬《しっと》の感情も映画を観《み》るようにどこか心地いい。

残り一キロのゲート――フラム・ルージュを越えた瞬間、カンピオンが飛び出した。

二位以下もボーナスタイムがあるから、早くゴールすればライバルとの差を広げることができる。

　ぼくが後を追おうとしたとき、一瞬早くミッコが飛び出した。

　ここは平坦《へいたん》に近いから、ミッコに分がある。彼は、カンピオンに追いつき、あっという間にそのまま追い抜いた。そのあとに、モッテルリーニが続く。

　すでに今日のぼくの仕事は終わった。ぼくは、ペダルを軽く回しながら、実況に耳を澄ませた。

　実況が次に名を呼んだのは、ミッコだった。少し遅れて、モッテルリーニとカンピオンがゴールする。

　一位は変わらない。ミッコがカンピオンを抜いて二位になった。勝負は明日以降に持ち越される。

　ぼくはゆっくりとゴールラインを越えた。

　ラルプ・デュエズで六位ゴールならば、ぼくにとっては充分すぎる成績だ。

　勝てたかもしれないと思うと、胸がちくりと痛んだ。だが、ぼくが下がらなければ、ミッコはほかのふたりに千切られていただろう。大差をつけられていたかもしれない。そうなると、これまでの十六日間の努力が水の泡だ。

　表彰式の音楽がはじまり、観客たちが歓声を上げる。もうすぐ、今日のヒーローが登場するだろう。

ミッコの自転車がゆっくりと近づいてきた。ドーピングコントロールを受けていたらしい。

「チカ、帰るぞ」

ぼくの選択について、必要以上にありがたがることのない彼の態度がむしろ心地いい。

ぼくはミッコのために犠牲を払ったわけではない。自分の仕事をしたまでだ。

今日のホテルはこの山の下だ。自力で下っていかなければならない。

ぼくはミッコと一緒に、きた道を下りはじめた。観戦を終えた観客たちも、ぞろぞろと帰って行く。

ミッコはウインドブレーカーをはためかせながらつぶやいた。

「勝てなかった。情けない」

「でも、タイム差を縮めた。カンピオンも抜いた。悪くはないよ」

今は二位だとしても、依然、総合優勝にいちばん近いのはミッコだ。タイムを失ったわけではないのだ。

それでもミッコは納得していない様子だった。

「明日こそ行く。アシスト頼むぞ」

明日は最後の山岳だ。タイムトライアル以外で勝負に出るのは明日しかないのだ。

だが、ミッコのその決意は、結局現実にはならなかった。

次の日、ぼくたちのツールを大きく変える事件が起こった。

第十章　パレード

ぼくは知っている。日常と非日常の境目がひどく曖昧《あいまい》だということを。慣れ親しんだ心地よい日常に身を委《ゆだ》ねていると、世界はぼくの足下からぱっくりと裂け、赤い内臓のような非日常が顔を出す。

逃れる術《すべ》もないし、目をそらすこともできない。

ぼくたちは、世界が望むままにその裂け目に巻き取られていくことしかできない。衝撃や痛みの中にも、救いは存在するはずだと虚《むな》しく信じながら。

翌朝、朝食のためにロビーに下りたぼくは、レストランに入る前に足を止めた。ロビーがひどく慌《あわ》ただしい気がしたのだ。

このアルプスのホテルには、パート・ピカルディだけではなく、チーム・マクベイ、そしてクレディ・ブルターニュの三チームが泊まっていた。

昨夜、夕食のテーブルで、クレディ・ブルターニュがシャンパンで祝杯をあげているのを見た。羨《うらや》ましい気持ちはあったが、ぼくらだってなんの収穫もなかったわけではない。最難関ステージであるラルプ・デュエズを上手《うま》く乗り切り、マイヨ・ジョーヌ獲得へと駒《こま》を一歩進めた。

食卓の雰囲気も、少しずつもとに戻ってきたような気がする。チームメイトたちは、ミッコが崩れなかったことを、素直に喜んでいるように見えた。

彼らは諦《あきら》めかけているのかもしれない。このままではニコラの表彰台は望めず、つまりはチーム存続も望めない。

だがミッコを追い落として、スポンサーが見つかったとしても、選手たちの契約は永久に保障されているわけではない。一年か二年で、また別のチームを探さなければならないかもしれないのだ。ミッコに嫌がらせまでして、チームを存続させたいと思う者はいないようだった。

だが監督はどうだろう。選手が「自分のチーム」と言うときには、それは「自分が所属しているチーム」という意味だが、監督は違う。自転車ロードレースでは、プロチームのライセンスを取るのは監督だ。スポンサーはその年によって変わるが、監督は変わらない。まさに、「自分自身のチーム」なのだ。ほかのチームに雇われる可能性も低い。

マルセルはなんとしても、自分のチームを存続させたいと思っているのではないだろうか。

最近、一緒に夕食をとることもなく、おざなりに朝、バスでのミーティングをするだけだから、監督の本心は見えない。だが、選手たちほど簡単に諦められるはずはない。

ロビーでは、クレディ・ブルターニュの監督とスタッフたちが、携帯電話でどこかに連絡をしたり、切羽詰まった口調でなにかを相談していた。

なにか、ただならぬことが起こったように見える。

一瞬、嫌な考えが浮かんだ。まさかドーピングコントロールで、陽性の選手が出たのではないだろうか。

ぼくはその考えを頭から追い払い、レストランに入った。

レストランでは、ジュリアンやサイモンが朝食のパスタを皿に盛りつけていた。ぼくに気づくと、ジュリアンが顎《あご》で外を指した。

「さっき、救急車がきてたよ。病人でも出たんだろうか」

「救急車？」

それは別のベクトルで心配な話だ。圧倒的に怪我《けが》の方が多いとはいえ、やはりグラン・ツールは過酷なスポーツだ。三週間のうち、体調を崩す選手もたくさんいる。スタッフだって毎日遅くまで働いている。

もちろん、選手やスタッフとは限らない。このホテルにはジャーナリストや観客なども泊まっている。

外がまた騒がしくなる。気になるが、食事をとるのもぼくたちの重要な仕事だ。食べなければ一日二百キロなど走れない。

近くのテーブルに座っているチーム・マクベイの選手たちもしきりに外を気にしていた。

パスタを咀嚼《そしやく》していると、ミッコがレストランに入ってくるのが見えた。

彼はテーブルに向かいながら、何度かロビーを振り返っている。

「どうかした？」

ぼくが尋ねると、ミッコは眉間《みけん》に皺《しわ》を寄せて頷《うなず》いた。

「警察がきている」

ぼくはジュリアンと顔を見合わせた。救急車だけではなく警察とはどういうことなのだろう。

「ドーピング……？」

ジュリアンが不安そうにそうつぶやいた。警察がやってくるとなると、それ以外の理由は考えられない。ミッコは席に着くと、パスタの皿を引き寄せた。

「ともかく食おう。そのうちわかるだろう」

もう一度フォークを手に取ったが、喉《のど》の奥がきゅっと閉じてしまったようで、これ以上は食べたくない。なにか異様な胸騒ぎが渦巻いていた。

食べなければ走れない。ぼくはパンの籠《かご》からバゲットをとって、それにマーマレードをたっぷりと塗った。懸命にそれを喉へ押し込む。量が食べられないのなら、せめて糖分でカロリーをとらなければならない。

これも砂糖をたっぷり入れたコーヒーで流し込む。ダイエットをしている人間から見ると、驚くような食事だろう。

ロビーを見ながら食事をしていると、担架が運ばれてくるのが見えた。ぼくは息を呑《の》んだ。側についているのは、クレディ・ブルターニュのマッサーだった。

自然に立ち上がっていた。レストランに入ってくる人を押しのけて、ロビーへと向かう。

「チカ？」

ミッコが後ろからぼくを呼んだが、振り返ることもしなかった。

ロビーに出ると、やはりクレディ・ブルターニュのスタッフたちが救急車を囲んでいるのが見えた。

近づくのも憚《はばか》られて立ち尽くしていると、後ろから腕を強くつかまれた。

振り返ると、青ざめたニコラが立っていた。

「ニコラ……いったいなにが……」

「ドニが死んだ」

そのことばに息を呑む間もなく、ニコラは続けた。

「ぼくが殺したようなものだ……」


人の死に出会うのははじめてではない。

だから知っている。死には臭いがある。隠そうとしても隠せない。

前のときも、今も、その事実を聞いたときに、ぼくは驚くよりも「ああ、やはり」と思ったのだ。

死の臭いは、日常に簡単に忍び寄り、そして世界を簡単に塗りつぶしてしまう。

ドニの死の詳細を聞いたのは、チームバスの中だった。すでにその日のレースは、パレード走行で終わることが決定していた。

レース半ばで命を落とした若者の死を悼《いた》み、ただ全員で走る。何億という金がかかっているツールを中止することなどできない以上、それだけがぼくたちのできる唯一《ゆいいつ》の弔いだった。

マルセルはチームバスで言った。

「病死じゃないかと言われている。同じ部屋のデルボーが気づいた。前日は普通にしていたのに、朝起きたらすでに冷たくなっていたらしい。今病院で詳しい死因を調べているそうだ」

ニコラとドニは同室だと以前聞いたから、少し驚いた。だが、クレディ・ブルターニュからもリタイアは三人出ている。部屋割りが変えられても不思議はない。

だがぼくの頭にはニコラが言ったことばが響いている。

——ぼくが殺したようなものだ……。

あのあと、すぐにニコラはスタッフに連れて行かれてしまった。詳しいことを聞く時間もなかった。

シートに身を預けながら、ぼくはニコラの青白い顔を思い出した。なぜ、彼はあんなことを言ったのだろう。

スタート時間が迫ってきている。本当なら、今日は最後の決戦になるはずの山岳コースだった。ミッコも今日、勝負を仕掛けるつもりだと言っていた。この日がパレード走行で終わることは、総合優勝の結果に大きな影響を与えるはずだ。

ミッコにとっては不本意だろうが、たぶん今日のステージがパレード走行となることで、いちばん有利になるのはミッコだ。残りは平坦《へいたん》ステージとタイムトライアルしかない。モッテルリーニやカンピオンが勝負に出られる機会は、これでもう終わりだ。

窓の外に目をやりながら、ドニと一緒に逃げたステージのことを思い出した。まだデビュー一年目の選手にしては、たくましさとふてぶてしさを感じた。きっとこの先強くなるのだろうという予感がした。むしろ、一見、ニコラの方がよっぽど頼りなく見える。

運命の残酷さに怒りのようなものを覚えて、ぼくは窓ガラスを拳《こぶし》で殴った。

それが合図のようにミッコが立ち上がった。

「行こう。そろそろスタートの時間だ」

こんなレースははじめてだった。

すでにニュースで、ドニの病死のニュースは流れているし、実況もそれを伝えている。

沿道の観客たちは、歓声を上げることもなく、ただ静かに通り過ぎるぼくたちを見守り続ける。

聞こえるのは、選手の息づかいとチェーンの音、そしてそれでもぼくらを撮影し続けるヘリコプターの音だけ。

言いようのない静けさがプロトンを包んでいた。これもまた死の臭いだ。

モッテルリーニがぼくの横に並んだ。勝つ機会を失ったというのに、彼はそれに対する抗議もせず、不満の意を示すこともなかった。敬虔《けいけん》なカトリックだという彼の首には、いつも小さな十字架が掛かっている。勝利の前に、小さく十字を切る仕草をするのを見たこともある。

ごく普通の日本人であるぼくには、キリスト教の死生観は頭でしか理解できない。

彼がドニの死をどう捉《とら》えているのかは、想像しようとしてもひどく曖昧だった。

「チカ、ニコラを説得してくれないか?」

モッテルリーニにそう言われて、ぼくは戸惑った。

「説得?」

「ああ、今日はニコラが先頭でゴールすべきだ。チームメイトであるだけではなく、ローランの友人だったのだから。だが、彼はそれを拒絶した」

さっき、ニコラは言った。ぼくが殺したようなものだ、と。

そのことばの意味はわからない。だが彼がそう考えているのならば、先頭でゴールなどしたくないと思っても不思議はない。

「きみとニコラは仲がいいと聞いている」

「ああ、でも説得はしないよ」

そう言うと、彼の眉《まゆ》が動いた。

「彼はドニの親友だ。だからこそ、彼には彼のやり方で死を悼む権利がある。彼が先頭でゴールするのが嫌だというのなら、無理にやらせることはできないよ」

モッテルリーニが息を吐くように笑った。

「なるほど、筋が通ってるな」

ニコラとドニがどれほど親しかったのかは知らない。だが、彼らの関係がこのツール中に変化しはじめていることには気づいていた。

チーム・プレゼンテーションやプロローグのときは、いつもふたりで行動していたのに、そのうちに一緒にいる姿をあまり見なくなった。

そして、マルセイユで聞いたニコラの告白。なにかが、ふたりの関係に亀裂《きれつ》を生じさせていた。

ぼくは前方を走る、白いジャージに目をやった。ニコラの小柄な背中は、いつもよりもずっと小さく見えた。

そういえば、ニコラはあの白い新人賞のジャージがドニに似合うと言っていた。

たしかに、ドニの少し浅黒い肌と黒い髪には白がよく映えた。

だが、ぼくは気づく。結局、彼はあの白いジャージを本当に手に入れることはできなかったのだ、と。

ニコラがマイヨ・ジョーヌを着ている間だけ、繰り下がりでマイヨ・ブランを着る権利を手に入れていただけで、彼自身が獲得したわけではない。

もちろん、実力でもニコラの方が勝っているだろう。だが、同じチームでなければ、あの日一緒に逃げたステージで、ぼくと一緒に逃げ切って一時的にマイヨ・ジョーヌとマイヨ・ブランを手に入れることができたかもしれない。

その可能性すら断たれていたことが、ひどく胸苦しく感じられた。

モッテルリーニは、それ以上ぼくを説得しようとはせずに、静かに離れていった。ぼくは黙ってペダルを踏む。プロトンのみんなとひとつになって。

同じ行為を繰り返すことは、どこか祈りに似ている。戦略などが封じられてみれば、こうやって集団がひとかたまりで、ただ進んでいくこの時間も、祈りの代わりになるのかもしれない。

ぼくはドニのすべてを知っているわけではない。声をあげて泣き叫ぶほど喪失感に襲われているわけではない。

だが、昨日までたしかに在ったものが、この世界から欠けているという痛みは、何度経験しても耐え難い。

自分の痛みを紛らわせるために、ぼくは祈る。

せめても彼が安らかであるように、と。

結局、先頭でゴールしたのは、ドニのルームメイトだったデルボーだった。

ドニとニコラが親しかったことを知っている選手たちは不思議に感じたようだが、ニコラ自身が拒んだのだから仕方がない。

ドニのいない痛みとは別に、ゴールの瞬間、ぼくはもうひとつの喪失感を味わっていた。

それは、ぼくのツールが終わったという喪失感だ。

もちろん、現実にはあと四日、残っている。だが、平坦ステージが二日、タイムトライアルが一日。最後のパリは、慣例によりパレード走行だし、スプリンター以外が勝負に出ることは少ない。

完走することもぼくのひとつの目標だから、気を抜いているわけではないのだが、ここまでくればアクシデントがない限り、完走は難しいことではない。

ただ、すでにぼくのアシストとしての仕事は終わったも同然で、それがひどく寂しかった。

あとはミッコがタイムトライアルでミスをしないよう祈ることしかできない。

そんな寂しさを嚙《か》みしめていると、マッサーのセレストがぼくを呼びに来た。

「チカ、クレディ・ブルターニュの監督がきみに話があると……」

「ぼくに？」

戸惑いながら立ち上がる。ドニやニコラに関係する話だと思うが、いったいぼくになんの用があるというのだろう。

ホテルのロビーに下りると、ヴィラージュで見かけるクレディ・ブルターニュの監督がソファに座っているのが見えた。軽くお辞儀をすると、彼は立ち上がった。

「疲れているところ悪いね。実はニコラのことなんだが……」

「ニコラがどうかしましたか？」

「少し話をして欲しいんだ。彼はもうリタイアすると言っている」

「ドニのことで？」

監督は頷《うなず》いた。豊かに蓄えた髭《ひげ》をいじりながら、ためいき混じりにつぶやく。

「もちろん、彼がもうつらくて走れないというのなら、無理をさせるつもりはない。だが、ここまできて……」

もう難関ステージは残っていない。あとは怪我《けが》さえしなければシャンゼリゼにたどりつける。

ニコラは総合優勝はできないが、それでも新人賞は獲得できる。大きな記録であることには違いない。

「それだけじゃない。もう選手をやめるとまで言っているんだ。これは、一時の気の迷いだと思うが……。ニコラはきみに気を許していると聞いた。話を聞いてやってほしい」

「もちろん、かまいませんが……」

新人賞を獲得できるのは、たったひとり。しかも二十五歳以下の選手に限られる。貴重な機会を失うのはやはり惜しいと思う。ましてや、あれほどの才能を持ちながら、自転車をやめるなんてあまりにも惜しい。

監督は、説得してくれ、ではなく、話を聞いてやってほしいと言った。そのくらいならばぼくにもできるかもしれない。

クレディ・ブルターニュが宿泊しているホテルへと移動する途中、監督は小声でぼくに囁《ささや》いた。

「ひとつだけ教えておく。まだ発表は控えられているが、ドニの身体《からだ》からCERAが見つかった」

ぼくははっとして、少し背の高い彼を見上げた。

CERA。第三世代のEPO。赤血球を増やすことで、有酸素運動のパフォーマンスを上げるドラッグ。効果は絶大だが、同時に、心筋梗塞《こうそく》や脳梗塞のリスクも生じる。

「じゃあAサンプル陽性の選手というのは……」

監督は首を横に振った。

「それはまだ連絡がない。だが、それも覚悟しておいたほうがいいのかもしれない」

彼の死はCERAによるものなのだろうか。そう尋ねると、監督は頷いた。

「もともと、持病などなく、健康体だった。その可能性は高いだろう」

胸に強い痛みが走った。自業自得《じごう》と言う人もいるかもしれない。だが、勝ちたいと思う強い気持ちはぼくにもはっきり理解できる。売人から声をかけられたとき、まったく気持ちが揺れなかったわけではないのだ。

そんな気持ちはわからないと言い切れるのは聖人と、鈍感な人間だけだろう。

ホテルに入り、監督から部屋番号を聞いて、彼の部屋に向かう。監督とはロビーで別れた。

教えてもらった部屋の前まで行って、インターフォンを押した。

部屋にいないのか、と不安になるほど待たされた後、ドアが開いた。ニコラは驚いた顔でぼくを見ていた。

「やあ、ニコラ、ちょっといいかな」

拒まれるかと思ったが、彼はドアを開けて、ぼくを部屋に入れた。

ツインの部屋にはニコラの荷物しかなかった。ルームメイトはもともといないのか、それとも監督がニコラを気遣って、ひとりにしたのかはわからない。

ニコラはすとんとベッドに腰を下ろした。もともと小柄な身体がもっと小さく見える。

「ごめん。ぼくが今朝、妙なことを言ったから……だよね」

たしかに今朝、ニコラはぼくに言った。

「ぼくが殺したようなものだ」と。あの意味は気にかかっていたが、だからここにきたわけではない。

「そうじゃない。きみがリタイアすると聞いたから……」

「ああ」

彼はためいきをつくと、麦わら色の髪をかき乱した。鳶《とび》色の目が宙をさまよう。

「あと少しだ。つらいのはわかるけど、四日間走りきればシャンゼリゼでは表彰台に上れるじゃないか」

そんな夢を見ることができるのは、一握りの選手だけだ。

彼はぼくのことばを遮るように、強い口調で言った。

「だから、だよ」

「え？」

「表彰台になんか上れない。上る権利もない。どんな顔で祝福されればいいんだ？ ぼくにはそんな価値はないのに」

「ドニのことかい?」

彼はしばらく黙りこくっていた。

ぼくは窓のそばに立った。

フランスの夏は、夜八時を過ぎても明るい。九時を過ぎたあたりから、やっと夕闇《ゆうやみ》の気配が近づいてくる。ヨーロッパにきて二年半経《た》つのに、この夕暮れの遅さには未《いま》だに違和感を覚える。

子供のころ、夏休みになると七時くらいまで明るいことがうれしかった。いつまでも外で遊んでいられるような気になった。

真っ暗になるまで遊び続けて、よく母親に叱《しか》られた。

ぼくは振り返って、背中を丸めているニコラに言った。

「ニコラ……ドニが死んだのは……」

「CERAのせいだろう」

彼は顔をあげて、はっきりとそう言った。

「知っていたのか?」

「彼がCERAを使っていたことは知っていた。どうやったら止められるのか、ずっと考えていた。そんなものがなくても走れるということを伝えたいと思ったんだけど……」

ぼくはここ数日の、ニコラのがむしゃらなまでの走りを思い出した。

「止められなかったから……罪悪感を？」

「違う！」

彼は激しく首を横に振った。

「ぼくは、ドニを欺《あざむ》き続けてきたんだ。ずっと利用してきた」

「利用？」

彼は膝《ひざ》の上で指を組んで話し始めた。

「前に言っただろう。ぼくの家は貧乏だった……って。競技用のロードバイクなんてとても買ってもらえなかった。そのとき、親友だったドニがロードに乗りはじめて……それが羨《うらや》ましくて仕方がなかった。彼は気前のいい奴《やつ》だったから、ぼくをときどきその自転車に乗せてくれた。新しい自転車を買ったときは、古いのをぼくにくれた。あちこち、ガタがきていたけど、それでもうれしかった。自分の自転車が手に入って、ジュニアのレースにも出られるようになったんだから」

その話は前にも聞いた。だが、ドニを欺き続けてきたというのはどういうことなのだろう。

「同じジュニアのチームに所属したばかりのときは、ドニの方が強かった。身体も大きかったし、なによりも自転車がよかったからね。でも、リセに入ったころから少しずつ、変わりはじめた。ドニの家は裕福で、いい自転車を買ってもらうたびに、古いのをぼくにくれたし、ぼくの自転車もだんだんいいものになってきた。ベビーシッターなどをして、パーツを買うこともできるようになった。ぼくはチビでやせっぽちだったけど、少しずつ、筋肉がついてきた」

彼は顔を歪《ゆが》めて笑った。

「それでも、ぼくはわざと彼に負け続けたんだ。勝てるレースでも、わざと勝たなかった。譲ったと気づかれないように、彼に勝ちを譲った。なぜだかわかる?」

彼が言おうとしていることには気づいたが、それをぼくの口から言うのは憚《はばか》られた。答えないぼくをそのままに、彼は話し続けた。

「彼に自転車レースを嫌いになってほしくなかったからだ。『やめる』と彼が言い出すのが怖かった。もしも、彼が自転車レースをやめてしまえば、ぼくはもう彼からもらえるようないい自転車には乗れない。何千ユーロもするような自転車は、いくらバイトをしてもぼくには買えない。彼にはいい気分で走ってほしかった」

長い話になりそうだ。ぼくはもう片方のベッドに腰を下ろした。

「リセを卒業して、アマチュアのチームに入った。ドニは大学に行きながら、ぼくは働きながらね。その頃から、ぼくは彼を毎回勝たせるのを止《や》めた。プロになることを考えはじめたからね。でも、それでも重要ではないレースのときは、わざと彼を勝たせることもあった。たまに勝つと、彼は機嫌がよくなるから。その頃には、ぼくは多くのレースで勝つことができるようになっていたし、三回に一度くらい勝ちを譲るのは、大したことじゃなかった。彼だって強かった。ぼくたちが手を組めば、レースをコントロールすることも難しくはなかった。そして、ふたりともクレディ・ブルターニュにスカウトされた。ぼくは有頂天だったよ」

彼はどこか投げやりな口調で話し続けた。

「もう、ドニを勝たせる必要はない。自転車はチームから支給される。プロとしてやっていけるというのはそういうことだ。もちろん、ドニのことは親友だと思っていたし、これまでのことに感謝をしていたのも事実だ。彼には実力もあったし、今更彼を勝たせるなんて、彼に失礼な話だと思った。でも、もうそのときには遅かったんだ」

ニコラはまっすぐにぼくを見た。

ドニは苛立《いらだ》ちはじめる。もともと自分の方が強かったはずだった。最近では、ニコラが強くなったとはいえ、実力は拮抗《きっこう》しているつもりだった。なのに、プロになってからどうしてもニコラに勝てない。ニコラはデビューしてから華やかな勝利を収めているのに、自分は少しも勝てない。

「ドニは……きみが薬をやっていると思ったのだろうか」

ぼくの質問に、ニコラは頷いた。

「そう言っていた。急に強くなったってことはそういうことだろうって」

たぶん、それに手を出すのは、苛立ちとそれから疑心暗鬼のせいだ。まわりの選手だって、やってないふりをしているだけでみんなやっている。そう考えてしまえば、むしろ手を出さないでいることの方が難しい。

だれもやっていないことが信じられれば、堪えることはできる。

「いつから？」

「知らない。ぼくが知ったのは、ツールに入ってからだ。でも、売人には『ニコラもやっている』と言っていたらしい」

実力以上の高下駄《たかげた》を履かされて、そしていきなり外される。できていたはずのことが急にできなくなり、勝てていたはずの親友にはまったく勝てなくなる。苦しくないはずはない。理由を探すことができれば、それにすがりたくもなる。

ドニはたしかに可哀想《かわいそう》だ。だが、だからといってニコラが、自分で勝ち取った栄誉を受けてはならないとは思えない。

「ニコラ、きみが罪悪感を抱く理由はわかった。……でも、だからといって」

「それだけじゃないんだ」

彼は力なく首を振った。

「それだけじゃないって……」

これ以上は酷だ、それはわかっていた。だが一度聞き始めた話を打ち切ることはできない。彼が抱えているものがあり、それを彼が話したいと思うのなら、ぼくには聞くことしかできないのだ。

彼は自嘲《じちょう》するように口を歪めた。

「ぼくが話したんだ。全部。なにもかも」

鳶《とび》色の目がぼくをまっすぐに見た。

「彼は第八ステージのことを、ずっと引きずっていた。チームオーダーで、ぼくを待つようにと言われ、チカと一緒にゴールまで行くことができなかった。あそこでドニが先に行っていたら、彼はマイヨ・ジョーヌを着ることができていた。彼は何度も言ったんだ。あそこでマイヨ・ジョーヌさえ着ていれば、今、おまえの場所にいるのは俺だったんだって」

ニコラと同じように声援を浴び、ニコラと同じようにジャーナリストに囲まれていたのは自分だったのだ、と彼は思っていたのだろうか。

「彼は監督のことも憎んでいた。差別主義者だと。自分が生粋のフランス人ではないから、差別されたんだと」

ドニの両親はアルジェリアからの移民だった。

「最初は聞き流すつもりだった。ドニを勝たせていたことは、最後まで隠し通すつもりだった」

だが、三週間のレースも残り少し。ニコラも疲れ切っていたのだろう。それでなくても、毎日必死で戦っているのに、遅れはどうしても取り返せない。序盤ですべてがうまく運んでいた分、彼の苦悩は深かったはずだ。

「何度も繰り返されて、つい、ぼくも頭に血が上ってしまった」

そう言って彼は口をつぐんだ。後は聞かなくてもわかる。ニコラはすべてをぶちまけてしまった。

今まで、わざとドニを勝たせていたこと。彼に勝利を譲り続けてきたこと。

ドニのプライドは、今までニコラに何度も勝ってきたことに支えられていた。そして、そのニコラが重要なレースで勝つ。

自分が大きなレースで勝てなくても、ニコラと実力が拮抗していると確信していれば、「たまたま運が彼の方に向いていただけだ」と自分に言い訳できる。

それでなくても、ロードレースの勝利にはいろんな要素が複雑に入り混じっている。チーム力、コース、時の運、天候、体調。勝った選手が強いことは間違いない。だが、強いものが毎回勝てるわけではないのだ。

なのに、ニコラはそのプライドを打ち砕いてしまったのだ。

「ドニは……信じたのか？」

ニコラは髪をかきまわしながら笑った。

「信じてくれなかったら、どんなによかっただろう。でも、一瞬で彼の顔から血の気が引いたんだ」

それがニコラのはったりではなく、真実であることに、ドニも気づいたのだろう。

自分の勝ちの不自然さに、まったく気づいていなかったはずはない。おかしい、と思うからこそ、ニコラが薬物を使用していることを疑った。だが、その疑惑よりもニコラの告白の方が、今までの違和感をきれいに払拭《ふっしょく》したはずだ。

——ああ、そうだったんだ。

見たはずはないのに、そう言って笑うドニの顔がはっきりとぼくの頭に再生された。

「ドニは言ったんだ。おまえはいったいいつから俺を騙《だま》し続けてきたんだって」

ニコラは啜《すす》り泣くように笑った。

「もう思い出せないよ。ぼくの自転車は最初からドニのお古だったんだから」

最初は罪のない、誰も傷つけない嘘《うそ》のはずだった。

だが、まわりはじめた歯車は、少しずつ大きな歯車を動かしていき、気づいたときにはもう止めることなどできなくなっていたのだ。

ニコラは拳《こぶし》に歯を立てた。

「ドニは……たぶん絶望したんだ」

許容量を超えたCERA。それがどんな副作用を及ぼすか知らないはずはない。たとえ死なずに病院に運ばれただけで済んだとしても、それはある意味自転車選手としての命を断つ行為だ。

不思議だったのだ。たしかCERAの効果は持続性がある。レース後半、もう勝利の目がなくなったときに摂取するようなものではない。

ニコラは首を激しく振った。

「チームのみんなには申し訳ないと思う。でも、もう走れないよ。ぼくがドニを殺したんだ」

ぼくは、彼の隣に腰を下ろした。あえて、彼の顔を見ないで言った。

「ねえ、日本人が今まで何人ツールに出たか知ってるかい」

彼が驚いてこちらを向く気配がした。

「百年以上続いたレースで、毎回二百人近い選手が出場するというのに、そこに入れた日本人はほんの少しだ。フランス人やスペイン人に言わせればいないのと同じかもしれない」

ぼくはホテルの天井を眺めながら話し続けた。

「ぼくはひとりでここまできたんじゃないんだ。今まで何人の日本人自転車選手が、ツールに出たいと夢見たことだろう。その夢を見て走っただれかに触発されて、またその夢を見る選手がいる。そうやって、夢は受け継がれて、ぼくのところにやってきた。たまたまぼくのところで、花開いただけだ。そして、ぼくの後にも夢は続く。今度はきっとツールでステージ優勝を果たしたいと夢見る選手が出てくる。総合十位以内かもしれないな。どちらにせよ、きっとぼくには難しい。それは後のだれかに託すよ。でも、それでも今の日本人選手にとって、ぼくはひとつの希望だ。すぐに追い抜かれるだろうけどね」

「チカは相変わらず謙虚だな」

ニコラはかすれた声でそうつぶやいた。

室内は少しずつ薄暗くなっていく。遅い夜がこの町にも降りてこようとしていた。

「ねえ、ニコラ。フランス人にとってのきみも、そうなんじゃないのかい」

ニコラがはっと身体《からだ》を強《こわ》ばらせるのがわかった。

ぼくの言いたいことは、説明しなくてもわかるはずだ。もう二十五年以上、フランス人はツール・ド・フランスでは勝ってないのだ。勝てないどころか、優勝争いに絡《から》むことすらできない。自国開催で、いちばん多くの選手を出しているのに、総合では脅威にすらなれない。

「何人もの選手が、チームの関係者が、スタッフが、スポンサーが、フランス人の勝利を望んだはずだ。何人もの有望新人に夢を託したはずだ。それでもその夢は叶《かな》えられず、別の者に手渡されていき、きみの手に渡ったんだ」

ニコラはかすかに笑った。

「ぼくも勝てなかった」

「でも、きみは勝てたかもしれなかった。総合優勝するかもしれないフランス人を応援する喜びを、みんなに与えた。今、フランス人の夢は、きみの手にある。咲かせようとする努力すらせずに、手放すのは不遜《ふそん》だよ」

ニコラはぼくが言った意味を噛《か》みしめるように、じっと自分の膝《ひざ》を見つめていた。

「ねえ、ニコラ。もうこのツールでは走れないというのなら、強要する権利はぼくにはないし、そのつもりもない。だが、このまま立ち去ることは許されないよ。来年、きみはここに戻ってきて、そして勝つんだ。少なくとも、勝つために死力を尽くして、その姿をみんなに見せるんだ」

「チカ……」

「きみは、深雪さんに黄色いライオンを渡した。ポディウムで渡されるキスや花束みたいにってきみは言ったよね。きみがここで消えてしまえば、あのライオンは花束にはなれない。悲しい記憶の置き土産になってしまう。彼女はたぶん、あのライオンを捨てることもないし、だれかにあげることもないだろう。それを見るたびに、きみが若くして選手を辞めてしまったことを思いだし、そして悲しい気持ちになるんだ。そのために、きみはあのライオンを彼女にあげたのかい?」

彼は泣き出しそうな顔で、それでも笑った。

「まるで呪《のろ》いだな……」

「呪い?」

「彼女のライオンのことを思うと、ぼくはこの先、怪我《けが》をすることも薬物に手を出すことも、辞めることもできないじゃないか」

そのことばにぼくも笑う。

「そうさ。呪いだよ」

それでも、走ることが苦しい日には、その呪いこそがぼくの自転車を後ろから押してくれるのだ。

「たぶん、みんな呪いのひとつやふたつは持ってるさ。それに、三十四歳くらいになれば、ライオンも許してくれる」

「三十四歳か……長いな」

ニコラにはあと十年ある。ぼくにはそんなにはない。まあ、四十まで走ってやるという手もある。

ぼくは立ち上がった。言いたいことはすべて言った。そろそろニコラをひとりにしてやった方がいい。

ニコラは、ぼくを見上げて尋ねた。

「ねえ、チカ。きみにも呪いがかかっているのかい」

ぼくは頷《うなず》いて笑った。

「超弩級《ちょうどきゅう》のがね。きみが走り続けるのなら、いつか話してあげるよ」

そう、それは美しくて、ひどく陰惨な呪いだ。

ぼくは思う。

ここは、この世でいちばん過酷な楽園だ。過酷なことはわかっているのに、自転車選手たちは楽園を目指し続ける。

三週間の間、三千キロ以上の道のりを走り続けるという楽園。

楽園に裏切られる者も、楽園を裏切る者もいる。楽園を追われる者も、そしてまた舞い戻ってくる者も。

それでもこの場所はまぎれもない楽園で、自転車選手たちは誰もがこの場所を目指すのだ。

ニコラは楽園を目指すために、友達に嘘をつき、ドニは楽園にしがみつくために、違法行為に手を染めた。

ドニはもうここには戻れない。

ニコラは戻ってくるのだろうか。

ニコラは翌日、ツールを去っていった。

引退だけは撤回したと、クレディ・ブルターニュの監督に聞いた。そのことにぼくは安心する。辞めなければ、戻ってくることはできる。

そのときには、「悪ガキ」の顔も、少しは大人に近づいているのだろうか。

ドニのCERAの件は、ひっそりと新聞で報道された。死んだ選手のことだから、必要以上に叩《たた》かれることはなく、あまり派手なスキャンダルにはならなかった。

ドニは、そんなことも考えたのだろうか、それとも失意だけでふるまったのだろうか。今となってはそんなことがわかるはずもないのだけど。

平坦《へいたん》ステージでは、総合優勝に変動はなかった。もし、タイムトライアルで異変が起きなければ、ミッコの優勝はほぼ間違いないだろう。

パート・ピカルディにはすでに楽勝ムードが漂っていた。マルセルの顔には、どこか諦《あきら》めたような、それでも誇らしげな表情が浮かんでいる。ツールでこそ険悪になったが、ミッコを育て上げたのは間違いなくマルセルなのだ。そして、ミッコもことさらにマルセルに冷たい態度を取る様子はない。

和解はひどくゆるやかに、だが確実に行われていく。

パート・ピカルディは来年消滅する。それでもぼくたちは、番狂わせさえなければ最後に派手な花火を打ち上げることができるだろう。

タイムトライアルを翌日に控えた日、ゴール後、クレディ・ブルターニュの監督に呼び止められた。

「チカ、この前は世話になったね。ニコラを説得してくれて助かった」

「リタイアは止められませんでしたが……」

だが仕方がない。ニコラに、あの白いジャージを着て表彰台に立てというのはあまりにも残酷だ。ニコラは言っていた。

——ドニには白が似合うよ。

そう、彼の少し浅黒い肌には、新人賞の白いジャージがとてもよく似合っていた。今でもその姿がはっきりと目に焼き付いている。ニコラだって覚えているはずだ。

監督は早口で言った。

「疲れているから、用件だけ言うよ。来年の契約はどうなっている？　パート・ピカルディはスポンサーが撤退するんだろう」

ぼくは驚いて監督の顔を見た。

「まだ決まっていません」

「じゃあ、うちにこないか?」

うれしいはずの誘いだった。日本に帰ることすら覚悟していたのだ。だが、なぜか戸惑っている自分がいる。

「ニコラのアシストですか?」

「そうだ。きみとニコラは相性がよさそうだ。うちのチームは来年こそニコラでツールの総合優勝を目指す」

それはきっとそれほど無謀な話ではない。フランスの二十何年ぶりの夢につきあうのも悪くはない。

「少し考えてもいいですか?」

そう言うと、監督は大きく頷いた。

「もちろんだ。でも、よい返事を期待しているよ」

たぶんぼくはどうしようもなく、そう、どうしようもなく日本人なのだろう。ヨーロッパで何年走ろうが、その感情を変えることはできなかった。たぶん、この先十年走り続けても、フランス人になることはできないはずだ。

それはなかなかやっかいで、でもほんの少しだけ誇らしいことだと思う。

偶然にも、タイムトライアルが行われるのは、パート・ピカルディが拠点としている、アミアンの町だった。

ぼくやミッコの家からも近く、言うなれば庭のようなものだ。「目をつぶってたって走れる」とミッコはうそぶいた。

タイムトライアルの前、選手は二時間くらいかけてローラー台を回す。身体を温め、パフォーマンスを上げるのが目的だ。

ずっと黙って横でローラー台を回していたミッコがいきなり口を開いた。

「クレディ・ブルターニュに誘われたそうじゃないか」

「耳が早いな」

「まあな、妥当なところだと思っていた。返事はしたのか」

ぼくは口籠《くちご》もった。

「まだなのか？」

どうしてなのか、自分でもわからない。いや、本当は少しわかっているのだ。だが、それを口に出すのはあまりにも感傷的な気がして、気恥ずかしい。

だが思い切って言った。

「なあ、ミッコ。きみが勝てば、パート・ピカルディに新しいスポンサーが見つからないだろうか」

たぶん、ここまでくれば勝てる確率は高い。たった十秒のタイム差。三十六キロのタイムトライアルで、クライマーであるモッテルリーニやカンピオンが、スペシャリストであるミッコとの差を三十秒以内に抑えるのは難しい。一回目のタイムトライアルでは二分近い差がついていた。

落車やパンクなどが起こるかもしれないから油断は禁物だが、それでもぼくは確信している。ミッコがそんなヘマをするはずはない。

彼はきっと勝つ。なんの不安もなく、ぼくはそう信じている。

ぼくのことばを聞いて、ミッコはボトルを手に取りながら笑った。

「だが、たとえそうだとしても俺はここには残れない」

ああ、そうだった。ぼくは自分の甘い展望を恥じた。

たとえ表面上は和やかになったとしても、ミッコとマルセルの間にはもう取り返しのつかない亀裂《きれつ》が生まれてしまったのだ。

微笑《ほほえ》みながら会話を交わすことはできても、一緒に戦うことはもうできないのだろう。

そして、ミッコが契約を続けない以上、新しいスポンサーも望めない。

ぼくは目を閉じた。やはり、クレディ・ブルターニュに行くしかないのだろう。

行き先がないよりは、百倍いい。そう考えたとき、ミッコがボトルを口から離した。

「俺は来年新しくできる、ポルトガルのプロチームに誘われている。バンク・ペイ・バの監督が新チームを結成するんだが、彼がおまえも一緒に呼びたがっている」

ぼくは驚いて、ミッコを見た。

「俺から聞いてはみるが、期待はしないでくれ、と言ってある。チカはスペインかフランスのチームがいい、と言ってたし、クレディ・ブルターニュの監督が興味を持っているという噂《うわさ》は知っていたからな」

たしかにスペインからフランスのチームに移って、ことばで苦労した。できればことばの通じる国のチームがいいと言った記憶がある。

「ポルトガルか……遠いな」

スペインに住んでいたときも、拠点はカタルーニャ地方だったから、ポルトガルまで足を延ばしたことはなかった。

「俺の国からも遠い。ヨーロッパ北東から、南西。端から端だ」

故郷を思い出したのかミッコは目を細めた。

「だがな、南欧や、オランダ、ベルギーの選手は自国軍で戦うが、俺たちは自国軍を持たない傭兵《ようへい》みたいなもんだ。そうだろう」

もともと、遠くからやってきた。あと少し遠くに行くのに躊躇《ちゅうちょ》する必要などない。

ぼくは頷いた。そして言う。

「わかった。行くよ」

ミッコは少し笑って、それでも眉《まゆ》をひそめた。

「クレディ・ブルターニュはいいのか？　あっちの方が年俸が高いかもしれないぞ」

「だったら、そっちも色をつけてくれるように頼んでくれ」

軽口を叩きながらぼくは考える。

どうしてこんなに簡単に、答えを出してしまったのだろう、と。

もちろんミッコのことは好きで、彼のためにまた働けるのはうれしいが、それだけではない気がした。

ミッコが前傾姿勢になりながら言った。

「たとえ、今日勝ったとしても、俺は自分が本当のツールの勝者だとは思わない」

「どうして？」

そう尋ね返しながらも、ぼくはその理由に気づいている。

最後のあの山岳。ドニの死でパレード走行になった山岳こそが、最後の決戦になるはずだった。あそこではモッテルリーニとカンピオンが攻め、ミッコがどこまで凌《しの》ぐかが勝負の行方を決めるはずだった。

あの一日がなくなったことで、勝負はミッコに有利な展開になってしまった。モッテルリーニやカンピオンのファンは、確実に不満に思っている。

だがそれは仕方がないことだ。時の運がミッコに向いただけだ。

最初のタイムトライアルで、風向きが変わったのと同じことなのだ。

そう言おうとしたとき、ミッコがまた口を開く。

「あの日こそ、俺が山岳で勝って、モッテルリーニやカンピオンを力で押さえつけるつもりだったのに」

ぼくは驚いて、ミッコの顔を見た。

冗談かと思ったが、彼の表情は相変わらず真剣だった。それともフィンランド人は、こんな顔で冗談を言うのだろうか。

「なんだ？」

「……いや、なんでもない」

ぼくは冗談かどうか尋ねたい気持ちを押さえ込んだ。ミッコはぼくの困惑に気づかないのか、そのまま話し続けた。

「だから、もし今年勝てたとしても、来年こそが本番だ」

「ああ、そうだね」

ぼくは頷《うなず》いた。

来年、ぼくがここに戻れるかどうかはわからない。怪我《けが》をする可能性だってある。それでも、戻ってこられる気がした。来年もこの空の下で喘《あえ》ぎながら、過酷な楽園を走りきる。それはただの夢ではない。

「来年には、あの悪ガキも帰ってくるだろ」

ミッコはそんなことを言った。

そう、たぶんニコラも来年、ここへ戻ってくる。もっと強く、脅威と呼べる存在になって。

そこまで考えて、ぼくは気づいた。なぜ、クレディ・ブルターニュからの誘いに乗り気になれなかったのか。

ぼくは、もう一度ニコラと戦いたかったのだ。あのラルプ・デュエズのように。

あのきらきらした麦わら色の髪を今度は自分の足で追い抜いて、彼と真っ向勝負がしたいと思ったのだ。

来年になれば、彼はぼくなど及びもつかないほど強くなっていて、今度はこてんぱんに叩《たた》きのめされるかもしれない。

だが、それでもかまわない。

叩きのめされたとしても楽園は楽園で、そこにいられること、そのことが至福なのだ。

この作品は二〇一〇年三月新潮社より刊行された。

エデン

新潮文庫　こ－49－2

平成二十五年一月一日発行

著者　近《こん》藤《どう》史《ふ》恵《み》《え》

発行者　佐藤隆信

発行所　株式会社新潮社

郵便番号　一六二－八七一一
東京都新宿区矢来町七一
電話　編集部（〇三）三二六六－五四四〇
読者係（〇三）三二六六－五一一一
http://www.shinchosha.co.jp

価格はカバーに表示してあります。

乱丁・落丁本は、ご面倒ですが小社読者係宛ご送付ください。送料小社負担にてお取替えいたします。

印刷・錦明印刷株式会社　製本・錦明印刷株式会社

ISBN978-4-10-131262-0 C0193